साझा विविधा संकलन

संपादक मंडल

राजीव कुमार झा

देवेन्द्र नारायण तिवारी देवन

प्रकाश पाण्डेय 'बंजारी'

प्राची डिजिटल पब्लिकेशन

उधम सिंह नगर, उत्तराखंड

Book : Mera Gaon

Editor : Rajeev Kumar Jha

Edition : 1st (January, 2022)

ISBN : 9789391358495

Published by

Gaytri Vihar, Phase - 1, Jawahar Nagar,
Udham Singh Nagar -263149, Uttarakhand
Website : www.prachidigital.in
E-mail : editor@prachidigital.in
Contact : 9760417980, 9760418103

Printed by :
Thomson Press India Limited, New Delhi-110020

अनुक्रमणिका

विविध विषयक रचनाएँ

संपादकीय

दशकों पहले विलियम काउपर ने – "गॉड मेड द कंट्री एंड मैन मेड द टाऊन" कविता लिख कर पाश्चात्य साहित्य जगत को गाँव की महता से साक्षात्कार करा दिया था। भारत जैसे देश के लिए तो गाँव देश की आत्मा है। गाँव के बिना तो हम हिंदुस्तान की परिकल्पना भी नहीं कर सकते। यह अलग बात है कि बीतते समय के साथ अप्रत्याशित तेज गति से गाँवों का शहरीकरण हुआ और हमारे गाँव इन्सानों की भौतिक पिपासा की पूर्ति में निर्बाध रूप से अतिक्रमित होते गए। तब खालिद सिद्दकी ने लिखा– "इक और खेत पक्की सड़क ने निगल लिया .....इक और गाँव शहर की वुसअत में खो गया"।

शहर की चकाचौंध से आकर्षित होकर किसानों का एक बड़ा सा तबका किसानी छोड़ मजदूर बनने को आतुर हो गया। इधर गाँवों का कायाकल्प होने लगा। सड़कें बनने लगीं। घर घर बिजली पहुंचाए जाने लगी। हर जगह पक्के घर दिखने लगे। जगह जगह ईंटों की भट्ठी लगाई जाने लगीं। मगर खेत छलनी होते रहे। आरिफ़ शफ़ीक ने बड़े भारी मन से तब लिखा– "जो मेरे गाँव के खेतों में भूख उगने लगी...मेरे किसानों ने शहरों में नौकरी कर ली...."।

लेकिन गाँव अपनी उपेक्षा को हँसकर सहते रहे। गाँव का तड़का लगाकर बॉलीवुड से हॉलीवुड तक ने पैसों की बरसात कर दी। लेकिन गाँव के विकास पर कमाए हुए पैसों का एक आना खर्च नहीं किया। यहाँ तक कि बड़े शहरों में गाँव को दिखाने के लिए नकली सेट बना दिये गए। गाँव के लोगों को गंवार तक कहा गया। सरकार ने करोड़ों रुपए गाँव की सुदृढीकरण के लिए खर्च किए मगर ज़्यादातर राशि फाइलों तक हीं सीमित रही। अब भला अदम गोंडवी जैसे कवि कैसे चुप रहते। उन्होने बेबाक लिखा– तुम्हारी फाइलों में गाँव का मौसम गुलाबी है....

मगर ये आंकड़े झूठे हैं ये दावा किताबी है ..."।

लेकिन यह समय का पहिया है साहब! घूमते रहता है। और इस बार कोरोना त्रासदी ने उनलोगों की आँखें खोली जिन्होने गाँव की मिट्टी को अंगूठा दिखा कर शहरों का रुख किया था। सभी जीते मरते अपने गाँव लौटना चाहते थे। कई फ़िल्ममेकर जिनका अकाउंट बैलेन्स कभी करोड़ों में था; गाँव में कृषि फार्म खोलकर अब गाँव का गुणगान कर रहे हैं।

"मेरा गाँव" साझा संग्रह थीम पर जब प्रकाशक महोदय से मेरी बात हुई तो मेरे लिए इस बेहतरीन थीम वाले संग्रह में तमाम व्यस्तताओं के बाद भी शामिल न होने का कोई कारण ही नहीं था। गाँव के लिए लिखना सौभाग्य की बात है मुझे यह लिखने में तनिक भी गुरेज़ नहीं है। संपादक मंडली और संग्रह में सम्मिलित कई साहित्यकारों ने गाँव से संबन्धित अपनी अनुभूतियों और अपने अनुभव को समेटने की हर संभव कोशिश की है। कुछ रचनाएँ गाँव के थीम से इतर भी हैं जिन्हें अलग वर्ग में रखा गया है। "मेरा गाँव" साझा संग्रह आप सब के बीच लाकर हम सभी अपने दायित्वों का ही निर्वहन कर रहे हैं और इसके लिए सबसे ज्यादा प्राची डिजिटल पब्लिकेशन के संस्थापक व सह निदेशक बधाई के पात्र हैं।

गाँव की आवाज बनने और गाँव की भावना को आप तक पहुंचाने के लिए जो सामूहिक प्रयास हम सबने मिलकर किया है वह तब सार्थक हो पाएगा जब आप सभी सुधि पाठकों का आशीर्वाद "मेरा गाँव" साझा संग्रह को मिलेगा।

आपकी किसी भी प्रतिक्रिया का इंतज़ार रहेगा।

सादर

राजीव कुमार झा

(संपादक)

संपर्क - 8409911183

ईमेल- cinerajeev@gmail.com

गाँव विषयक
रचनाएँ

राजीव कुमार झा

व्यक्तिगत परिचय

जन्म : 31 जुलाई 1983 को बिहार के पूर्वी चंपारण के सोरपनिया में जन्म।

सम्प्रति : बिहार सरकार के अधीन मुजीब बालिका उच्चतर माध्यमिक विद्यालय में भाषा के शिक्षक के रूप में सेवारत।

गतिविधियाँ : आर्थिक तंगी का दंश झेलते बच्चों की नि:शुल्क शिक्षा के लिए एक कार्यक्रम "मिशन मुजीब" का संचालन। जिसके अन्तर्गत सरकारी विद्यालयों में अध्ययनरत आर्थिक तौर पर पिछड़े हुए बच्चे नि:शुल्क पढ़ सकते हैं।

अन्य : शिक्षक की सेवा से पहले एक पत्रकार के तौर पर हिंदुस्तान, प्रभात खबर, सर्वोदय, जागृति टाइम्स (सभी हिन्दी दैनिक), गाँव कनेकशन, सेवेन डेज (मासिक) सहित दर्जनों पत्र पत्रिकाओं में अपनी लेखनी चलायी।

साहित्य प्रेम : हमेशा से साहित्य से गहरा जुड़ाव रहा है। अपनी भावनाओं, अपने अनुभव, अपने विचारों, अपनी सोंच को शब्दों में, छंदों में, कहानियों में पिरोते रहे हैं, जो अब भी जारी है।

प्रकाशन : आर्यावर्त, हिंदुस्तान, प्रभात ख़बर, बिहारी ख़बर जैसी कई पत्र–पत्रिकाओं में कविताएं और कहानियाँ प्रकाशित।

प्रकाशित कृतियाँ : बंद पन्ने (काव्य संग्रह), ज़ीरो नबर (कहानी संग्रह), क्या लिखूँ मैं (काव्य संग्रह), बोये हुए शब्द (काव्य संग्रह)

शीघ्र प्रकाशित : #दी राइटर्स, #डिबिया, #ख़ाकी, #मेरी पत्रकारिता।

गाँव

दिल बसता है मेरा
गाँव में .....
साढ़े पाँच की
धूप में
ओस वाले घास में
आसमानी बांस में
जलकुंभी और
पलास में.....
दिल बसता है मेरा
गाँव में .....
है शहर में कहाँ
यह आजादी
कहाँ पीपल
बरगद की आबादी
जहां बैठाये जाते हैं
भगवान भी
गोबर के 'ठाँव' में
दिल बसता है मेरा
गाँव में .....
खेतों की हरियाली में
और गेहूं की क्यारी में
पीले सरसों
सोने से पीले
खलिहानों में पुआल
के टीले ....
जहां कीचड़ सना

शरीर सुहाना
और, लगता मजलिश
दालान में.....
दिल बसता है
मेरा गाँव में .....
दादी का सरौता
अब भी
दादा का पीकदान है
लोटा पगड़ी और खड़ाऊँ
अब भी गाँव की
शान हैं .....
जहां बैलों के
गले की घंटी
अब भी
बजती है खलिहान में
दिल बसता है मेरा
गाँव में ....

देवेंद्र नारायण तिवारी (देवन)

व्यक्तिगत परिचय

पिता : श्री वीरेंद्र नारायण तिवारी

माता : श्रीमती गीता तिवारी

जन्म स्थान : ग्राम छ्तेसर, पोस्ट महुआ (210429), जिला महोबा, उत्तर प्रदेश, भारत।

शिक्षा : B.Sc. (वनस्पति विज्ञान, जंतु विज्ञान), M.Sc. (जंतु विज्ञान), टेक्निकल आर्ट, Engineering (सिविल), International symposium on current trends in science 'certificate'

सम्प्रति : अध्यापन, सह-संपादक (उड़ान पत्रिका)

प्रकाशित कृति : आरंभ, काव्य प्रभा, अनुभूति (साझा), गंतव्य, अनवरत,

लेखन : लघु कथाओं के अलावा काव्य विधा में भी लेखन

अन्य गतिविधियां : आर्थिक रूप से कमजोर बालक बालिकाओं को समय देकर निशुल्क शिक्षा देना, ग्रामीण क्षेत्रों तथा निर्धन बच्चों के माता-पिता को बच्चों को स्कूल भेजने के लिए प्रेरित करना, पेड़ पौधों तथा वन्य जीवों के संरक्षण हेतु प्रयास करना

व्हाट्सअप : 9125895231

E-mail : tiwari.dnctr@gmail.com

मेरे गांव में

माना कि तेरे शहर में गुलाब खिले हैं,
पर खुशबू तो अब भी मेरे गांव में है,

सजावट तेरे शहर की सुंदर भले हो,
पर खेतों की हरियाली तो अब भी मेरे गांव में है,

बंद मकानों में आराम ढूंढता है तेरा शहर,
खुले आंगन का सुकून तो अब भी मेरे गांव में है,

खुले बालों में लहराती लड़कियां हैं तेरे शहर में,
पर घूंघट में संभलना तो अब भी मेरे गांव में है,

नशा देती है तेरे शहर की रसायनिक बोतल
पर देशी महुआ तो अब भी मेरे गांव में है,

माना कि बंद पैकेट मिलते हैं तेरे शहर में,
पर रोटी और दाल तो अब भी मेरे गांव में है,

तूने जीना भले ही सीख लिया हो शहर में,
पर बुढ़ापे की लकड़ी तो अब भी मेरे गांव में है,

भरोसा

सागर तुम अपने ही गांव में किराए से क्यों रहते हो? सर जी अब क्या करें! घर में झगड़ा होता था तो मां और पिता जी ने निश्चय किया कि हम अपना अलग किराए से रह लेंगे।

तो गांव के लोग भी जानते होंगे वो कुछ नहीं कहते!

सर जी अब झगड़ा रोज रोज का अच्छा तो नहीं सो बस अब यहीं रह रहे हैं। हां सही है, अच्छा किया। लेकिन तुम अपनी पढ़ाई पर ध्यान रखना, बाकी अगर कुछ समझ न आए तो पूछ लिया करो।

जी सर जी,

सर जी वो आप कह रहे थे विज्ञान प्रतियोगिता के लिए...

हां कल तुम्हारा नाम भेज देते हैं। ठीक है। कल जब स्कूल आओगे तो अपने कागज साथ में ले आना।

जी सर जी।

अगले ही दिन से सागर विज्ञान प्रतियोगिता की तैयारी में लगा हुआ था। सागर के ही कक्षा का सहपाठी चंद्रपाल विज्ञान के प्रोजेक्ट में सहयोग कर रहा था। चंद्रपाल ने सागर से कहा कि बोर्ड की परीक्षा की तैयारी भी करनी है। बस ये प्रतियोगिता खत्म हो जाए तो तैयारी में ही लग जाऊंगा।

चंद्रपाल और सागर की जोड़ी तो बस विज्ञान प्रतियोगिता की तैयारी में लगी हुई थी।

कुछ दिन ऐसे ही प्रोजेक्ट पूरा करने में बीत गए। एक ओर जहां प्रोजेक्ट को पूरे मन और पूरे प्रयास से सागर और चंद्रपाल पूरा करने में लगे थे, तो वहीं दूसरी ओर कक्षा के ही अन्य सहपाठी दोनों को चिढ़ा रहे थे। ये कहकर कि सागर तुम्हारे इस प्रोजेक्ट का कुछ नहीं होने वाला, तुम्हारे इस प्रोजेक्ट को कूड़े में जगह मिलेगी। क्यों बेकार परेशान हो रहे हो! गांव के उल्लू हो तुम। ये प्रोजेक्ट तुम्हारे बस की बात नहीं है।

सागर चुपचाप बिना कुछ कहे वहां से निकल जाता है। चंद्रपाल ने पूछा सागर आज देवन सर नहीं आए क्या? आज सर से इनकी पिटाई लगवा देते हैं, ये ऐसे नहीं मानेंगे।

नहीं, आज नहीं आए, कल सर कह कर गए थे कि बगीचे के पक्षियों का अवलोकन कर लेना। यार सागर बिना देवन सर के कुछ पल्ले नहीं पड़ेगा।

कल जब देवन सर आयेंगे तो उनके साथ ही अवलोकन करेंगे, अगले दिन जैसे ही कक्षा में देवन सर आए तो चंद्रपाल ने सारी शिकायत बता दी।

परंतु सर ने हंसकर टाल दिया और क्लास पूरी करके चले गए। सर के जाते ही अब तो और भी सहपाठियों ने चिढ़ाना शुरू कर दिया था।

यार सागर, देवन सर ने इन लोगों को कुछ भी नहीं कहा, अब तो इन लोगों के और भी आसमान में दिमाग हो गए हैं। इसी बीच स्कूल का चपरासी आवाज लगाकर कहता है कि सागर और चंद्रपाल कोन हैं, देवन सर ने लैब में बुलाया है।

दोनों पहुंचकर लैब के दरवाजे से ही बोलते हैं, क्या हम अंदर आ सकते हैं सर?

हां आ जाओ। सागर अगले सप्ताह प्रतियोगिता संपन्न होगी, जिसके लिए प्रोजेक्ट का रिकॉर्ड पूरा करो। बाकी प्रोजेक्ट का नमूना तैयार है बस उसे चिपकाना बाकी है, तो छुट्टी के बाद उसे चिपकाकर तैयार कर लेना। ठीक है! और हां, कौन क्या बोलता है, इस पर ध्यान मत दो। अपने कार्य को पूरी लगन और पूरी निष्ठा से पूरा करो। समय अपने आप ही इनके उत्तर दे देगा।

जी सर (दोनों ने सिर हिलाकर उत्तर दिया)।

एक सप्ताह की कड़ी मेहनत से प्रोजेक्ट कार्य का रिकॉर्ड और नमूना पूरा हो चुका था। आज प्रधानाचार्य द्वारा कार की व्यवस्था की गई थी जिसमें देवन सर व ओमप्रकाश सर के साथ सागर व चंद्रपाल भी जिले स्तर की प्रतियोगिता में भाग लेने जा रहे थे। विज्ञान प्रतियोगिता के नियमानुसार जिले के शासकीय विद्यालय के बड़े से हाल में पूरे जिले से लगभग सत्तर प्रतियोगी छात्र/छात्राएं अपने अपने प्रोजेक्ट नमूने के साथ उपस्थित थे।

प्रतियोगियों के प्रोजेक्ट नमूने किसी से भी कम नहीं थे। विज्ञान की अपार संभावनाएं व विज्ञान के दुष्प्रभाव से बचने के तरीके का बारीकी से प्रतियोगी छात्र छात्राओं ने अध्ययन किया था और नमूने बनाए थे। जिनकी प्रस्तुति प्रतियोगियों द्वारा पांच जजों के सामने दी जा रही थी। पांच जजों की टीम सभी प्रतियोगियों के नमूनों का सूक्ष्मता से अवलोकन कर रही थी जो कि अलग अलग विद्यालयों व महाविद्यालयों से आए प्रवक्ता थे। सागर व चंद्रपाल ने भी अपने प्रोजेक्ट का प्रस्तुतिकरण किया। जजों द्वारा अवलोकन के बाद सभी प्रतिभागियों को भोजन कराया गया इसके बाद वापस सभी अपनी सीट पर बैठ गए थे।

सागर व चंद्रपाल कुछ घबराए हुए थे। अन्य प्रतियोगियों के नमूने एक से बढ़कर एक थे।

यार सागर अपना प्रोजेक्ट तो कुछ भी नहीं है, इन सबके प्रोजेक्ट देखो, कितने अच्छे बने हैं। अपना तो पांचवा स्थान भी आ जाए तब भी ठीक है। चंद्रपाल तू क्यों परेशान होता है। देवन सर की बात याद है न! "अगर मन में विशवास हो तो परिणाम खुद तुम्हारे पक्ष में होगा।"

बस अब परिणाम की प्रतीक्षा है।

वैसे खाना अच्छा था। तूने रसगुल्ले खाए या नहीं। मेने तो चार खाए हैं। हां कुछ भी हो खाना मजेदार था। इसी बीच मंच से परिणाम को घोषित किए जाने का फरमान जारी हो जाता है।

अवलोकन कर चुके जजों की टीम द्वारा पूरे पांच घंटे बाद परिणाम की घोषणा की जा रही थी। मंच संचालक द्वारा बताया गया कि प्रतियोगिता में पांच विजेताओं को नगद पुरस्कार के साथ प्रमाण पत्र प्रदान किए जायेंगे। पांचवे स्थान से विजेताओं के नाम की सूची प्रारंभ की गई, इसके बाद चौथे स्थान का नाम बोला गया। इधर सागर व चंद्रपाल दोनों ही मायूस होकर बार – बार देवन सर की ओर देख लेते और अपने नाम के आने की प्रतीक्षा करते। अब जब कि तीसरे स्थान पर आने वाले विजेता को भी बोल दिया गया और इनका नाम नहीं आया तो लगभग तय हो चुका था कि सागर के प्रोजेक्ट का चयन नहीं हुआ है। नाम बोले जा रहे थे, साथ ही पुरस्कार वितरण किया जा रहा था, तथा फोटो ग्राफर द्वारा फोटो खींची जा रही थी।

इधर ओमप्रकाश सर भी समझ चुके थे कि हम लोगों के प्रोजेक्ट का चयन नहीं हुआ है। मायूस बैठे सागर के पास जाकर देवन सर ने साहस दिया और कहा कि "अभी तो परिणाम चल ही रहे हैं। देखते हैं, और सुनते हैं परिणाम की सूची को, धैर्य बनाए रखो। प्रोजेक्ट निश्चित ही चयनित किया जायेगा।" इसी बीच मंच से बताया जाता है कि विज्ञान प्रतियोगिता में दूसरे स्थान पर सागर व चंद्रपाल के प्रोजेक्ट चयनित हुआ है जो कि सराहनीय हैं। दोनों ही विद्यार्थी अपने शिक्षक के साथ आए और अपना प्रमाण पत्र प्राप्त कर लें। साथ ही नगद पुरस्कार राशि भी प्राप्त कर लें। दोनों के चेहरे खुशी से खिल उठे। इतना सुनते ही सबसे पहले सागर व चंद्रपाल ने गुरुजनों को वंदन किया। तत्पश्चात अपना पुरस्कार प्राप्त किया। सागर को प्रोजेक्ट से ज्यादा देवन सर पर भरोसा था और यही वजह थी कि उसने उम्मीद बनाए रखी थी। दोनों की खुशी चरम पर थी। जो छात्र कल तक स्कूल में चिढ़ाते थे। वे ही छात्र अगले दिन बधाई दे रहे थे। पूरा विद्यालय गर्व से बधाईयां दे रहा था।

शहर से आने वाले सभी सहपाठी गांव से आने वाले उस प्रतियोगी छात्र सागर को बधाई दे रहे थे।

प्रकाश पाण्डेय 'बंजारी'

व्यक्तिगत परिचय

जन्म तिथि	:	10/05/1982 दस मई सन् उन्नीस सौ ब्यासी।
जन्म स्थान	:	बंजारी, जिला-छतरपुर, मध्य प्रदेश।
पिता	:	स्वर्गीय पं.श्री अयोध्या प्रसाद पाण्डेय।
माता	:	श्रीमती सुमित्रा पाण्डेय।
अग्रज	:	श्री जगप्रसाद पाण्डेय 'सरल', श्री जीतेन्द्र कुमार पाण्डेय 'राजू' एवं श्री शिवदत्त पाण्डेय।
पत्नी	:	श्रीमती मिथिलेश पाण्डेय
पुत्र	:	रोचन प्रभात पाण्डेय 'रामजी' एवं ताराचन्द्र क्रान्तिगुरू पाण्डेय 'श्यामजी'।
पुत्री	:	मृत्युंजया पाण्डेय 'इच्छाशक्ति'।
शिक्षा	:	स्नातकोत्तर (हिन्दी साहित्य एवं संस्कृत साहित्य) तथा डी.पी.ई.एवं विधि स्नातक (L.L.B.)।
साझा कृतियां	:	पिटारा (लघुकथा संग्रह), मातृछाया (काव्य संग्रह), झांकती हिय आंगन कविता (काव्य संग्रह), 2020 के अनुपम दोहे (दोहा संग्रह), उड़ान (काव्य संग्रह), उत्तर-आधुनिक काव्य-21वीं सदी की कविताएं (काव्य संग्रह), दो टूक जिन्दगी (काव्य संग्रह), जिद जीत की (प्रेरणात्मक संग्रह), इन्द्रधनुष-गद्य के सप्त रंग (गद्य संग्रह) तथा पुरवैया एवं उड़ान पत्रिका में प्रकाशित रचनाएं।
लेखन विधा	:	एकांकी, कविता, कहानी, गीत, नाटक, निबंध, पत्र साहित्य, रेखाचित्र, लघुकथा, संस्मरण इत्यादि।
मोबाइल नम्बर	:	9630408275, 9752309088

पद

अतिशय प्रिय मोहि यहां के वासी।
स्वर्ग न चाहूं, जन्मु–जन्मु हौं बंजारी निवासी।
यह अमरईया, यह कथयाई, ये वृंदावन की बगिया।
ये भौंठिया, यह भिटारी, यह ताल–तलईया।
अति उत्तंग पठार बसो मम ग्राम हवै।
सारंग को सारंग लेन चली, सारंग हवै।
जल संकट ज्यौं को त्यौं, कितनो विकास हवै।
'प्रकाश' कहे चारो धाम, मम ग्राम हवै।
बिहारी जू को मंदिर ये है, बंजारीदाई की मढिया।
सुत प्रकाश वंदन करै, धन्य जन्मभूमि मईया।।

मेरे ग्रामों के विद्यार्थी

पुर ते निकसति माथे मोती बूंद झलकत है।
लाल कपोल अरुणोदय सों दिखत है।।
कर फेर-फेर कर मानों विद्या को धार देत हैं।
ऐसे मोय गांवन के विद्यार्थी पढ़न को जात हैं।।1।।
डग द्व चलत फूट झील झरना पड़त हैं।
मिल-मिल कर सब पयोधि गढ़त हैं।।
तन तर कर, पोंछ तौलिया डुलावत हैं।
ऐसे मोय गांवन के विद्यार्थी पढ़न को जात हैं।।2।।
दोपहरी घाम कछु नहीं जकत हैं।
तब दिल करत, जब चल देत हैं।।
देश के कर्णधार कहां को सुस्तात हैं।
ऐसे मोय गांवन के विद्यार्थी पढ़न को जात हैं।।3।।
रग रग झुंझलावति, विद्युत बनावत हैं।
गिट्टी पे साइकिल ऐसे चिटकत जात है।।
मानो समुंद्र तरंग अंबर छुअन को जात हैं।
ऐसे मोय गांवन के विद्यार्थी पढ़न को जात हैं।।4।।
दलदल पड़त साइकिल खचि खचि जात है।
हिच हिच जात बल, बाल नहीं हिचकात हैं।।
सरस मधुर गाली नेतन को देत आत हैं।
ऐसे मोय गांवन के विद्यार्थी पढ़न को जात हैं।।5।।
लेफ्टिनेंट, पायलट बन कृषि करत हैं।
कमिश्नर, कलेक्टर बन खंती खंदत हैं।।
मरत जीयत, श्रम कर कर्मरत हैं।
ऐसे मोय गांवन के विद्यार्थी पढ़न को जात हैं।।6।।
रवि छाती जार, सिंघ ताव देत है।
धौंस के पसीने में डूब-डूब के नहात हैं।।

निशिदिन जात, किति दूर कहत जात हैं।
ऐसे मोय गांवन के विद्यार्थी पढ़न को जात हैं।।7।।
गुटका खा शान बना मोद मनावत हैं।
गली-गली गाली गात, ईठलात जात हैं।।
भेड़ झुंड समर जीतन को जात हैं।
ऐसे मोय गांवन के विद्यार्थी पढ़न को जात हैं।।8।।
ज्वाला दहदहकात, तिल-मिल दिखात है।
पौनहु चुप साध, थिति तक रह जात है।।
शानो-शौकत सब भूल, ठिकानौ ही सुहात है।
ऐसे मोय गांवन के विद्यार्थी पढ़न को जात हैं।।9।।
पल भर विद्या को देत, कल्प कल्प लेत हैं।
आवत जात कूप पेड़ तक तक छिहरात हैं।
पानी पीयत सुस्तात तो सोवन को जात हैं।
ऐसे मोय गांवन के विद्यार्थी पढ़न को जात हैं।।10।।
कैरियर निकाल डंडा पे बिठावत हैं।
साइकिल बदल तो थैला ही टांगत हैं।।
अब नभ में महिफल संवारन को आत हैं।
ऐसे मोय गांवन के विद्यार्थी पढ़न को जात हैं।।11।।
वर्षा में भींगते, ठंड में ठिठुरत जात हैं।
ग्रीष्म की प्रचण्डता कैसे सह जात हैं?
शरद, शिशिर, बसंत, मोद मनावन को आत हैं।
ऐसे मोय गांवन के विद्यार्थी पढ़न को जात हैं।।12।।
कतो मास हो, कैसव नहीं सुख पात हैं।
धसति दुति उबर, अमन को जात हैं।।
परीक्षा पल टल, परीक्षा फल आत है।
ऐसे मोय गांवन के विद्यार्थी पढ़न को जात हैं।।13।।
माया काया को न माने भू डोल करत हैं।
कैसी शक्ति कैसा जोश, लंका ढहावत हैं।।

तख्तापलट कर, भारत सुधारन को आत हैं।
ऐसे मोय गांवन के विद्यार्थी पढ़न को जात हैं।। 14।।
सैन्य को जो हर्षोल्लास, शत्रु विजय पर होत है।
वही निशदिन चंदला पहुचत ही होत है।।
विद्या के पुजारी, विद्या सीखन को आत हैं।
ऐसे मोय गांवन के विद्यार्थी पढ़न को जात हैं।। 15।।
कर्मरत अराम कबहुंक नहीं चाहत है।
शक्ति के धनी हिन्द के कौमी लाल बढ़त ही जात हैं।
सुख में नमत, विघ्न से लरत ऐसो इल्म सीखावन को जात हैं।
ऐसे मोय गांवन के विद्यार्थी पढ़न को जात हैं।। 16।।

मेरा गाँव बंजारी, एक विराट परिवार

कर्णावती (केन) नदी के तटवर्तीय अँचल में बसा वीरों की बस्ती के नाम से जाना जाने वाला मेरा गाँव बंजारी मेरी जन्मभूमि है। मेरे ग्राम का नैसर्गिक सौंदर्य देखते ही बनता है। मैं कहीं रहूँ, गाँव के खेतों की माटी की सोंधी सुगन्धसे दूर नहीं हूँ। भूमि की उर्वरा शक्ति का तो कहना ही क्या? अल्पवृष्टि तथा जल की अल्पता में भी फसलें लहलाहाती रहती हैं। हरियाली से आच्छादित धरती पर शरद ऋतु की रातें मोती बिखेर देती हैं। रजनी में बिखरे पड़े मोतियों को सुबह का सूरज अपनी तेज पुंज किरणों से चेतन्यता भर कर समेट लेता है। जैसे मरणासन्न अवस्था में एक चेतन्यता आती है। और आत्मा को परमात्मा में विलीन कर लेती है।

ग्रीष्म ऋतु की लकलकाती दोपहर में मृगतृष्णाजीवन के मृगतृष्णा का आभास कराती है। दोपहर में बेर का बिरचुन पेट को शीतलता प्रदान करता है। तिलमिला जाए दृष्टि फिर भी चलना है, यही सफलता है। गाँव के एक किसान और मजदूर के जोश और जुनून से अधिक गर्मी ग्रीष्म ऋतु की दोपहर में भी नहीं है। महुआ की डुभरी और सतुआ का कलेवा किए सुबह से दोपहर तक खेतों में काम कर रही कृषक बालिका, कृषक वधू के जूनून में वो तेज है कि ग्रीष्म ऋतु का सूरज भी शीतल पड़.जाता है। मनमोहक हरियाली घास में लोटने का मन करता है। मैं तो घास में लोट ही जाता हूँ। शरद ऋतु के खेतों का सौन्दर्य पककर सोना बन जाता है। खलिहानों में रखी फसलों को देखकर मन प्रफुल्लित हो जाता है। बरसात ऋतु तो त्यौहारों की ऋतु है। प्रत्येक रिश्ते संबंधित त्योहार वर्षा ऋतु में ही मनाए जाते हैं। हर आयु वर्ग के लिए सबसे अधिक पर्व वर्षा ऋतु में ही होते हैं। भाई-बहिन के प्रेम का प्रतीक रक्षा-बंधन, माँ का बेटे की मंगलकामना के लिए हललही हरछ्ठ व्रत व मुक्ताभरणी संतान सप्तमी व्रत, युवतियों द्वारा पति प्राप्ति व पति की दीर्घायु के लिए हरितालिका तीज व्रत पर्व। तथा पूर्वजों के लिए पितृपक्ष वर्षा ऋतु में ही मनाया जाता है। जिसमें श्रद्धा, भक्ति, आस्था, विश्वास और प्रेम का गाँवो में साक्षात दर्शन होते हैं। कजलियां आदि जैसे व्रत व पर्व भरे पडे हैं। बारिश से संतुष्ट भूमि देखना है तो गाँव ही आना पडेगा। अत्यधिक बारिश के कारण झिल्ले फूटना प्रमाण है कि धरती माँ बारिश से संतुष्ट होकर जल दान कर रही है।

रज की रजता में तन स्वर्णिम शक्ति पाता है। पर इसे हर कोई नहीं समझ सकता है। मेरे गाँव की धरती में अपरिमेय शक्ति है, धरती माँ का स्पर्श पाते ही मेरे अंदर अपूर्वशक्ति का प्रवाह होने लगता है। मैं मजबूरी में शहर पढ़ने के लिए गया हूँ, यदि मेरे गाँव में मेरे पढ़ने के लिए विद्यालय/ महाविद्यालय होता तो मैं कभी शहर नहीं जाता। आज भी जब बीमार होता हूँ तो गाँव आ जाता हूँ।

गाँव की हवा ही बीमारी को हवा कर देती है। गढ्डों का मटमैला पानी अमृतारिष्ठ है। बिना इलाज व दवा के स्वस्थ हो जाता हूँ। मेरे गाँव का पानी और वायु ही दवा है। मेरे ग्राम में एक और मजेदार बात है कि गाँव के अंदर खरा पानी है और गाँव के बाहर मीठा पानी है। कुँओं का नाम भी खराऊवा कुँआ एवं मीठा कुँआ है। खारे पानी में कपड़े वैसे ही बहुत अच्छे ढंग से साफ होते हैं, जैसे अच्छे लोग मन का मैल साफ कर देते हैं।

आपसी भाईचारा को देखकर लगता है कि पूरा गाँव एक गाँव नहीं अपितु एक विराट परिवार है। जातिगत खाइंया आपसी प्रेम के समक्ष बहुत छोटी हो जाती है। पूरे गाँव में काक्का-काकी, दादा-दादी, ताऊ-ताई, भइया-भाभी, बुआ-दीदी आदि रिश्तों से लोग संबोधित करते हैं। गाँव के लोग रिश्तों की मर्यादा में बंधकर रहते हैं। गाँव में कोई व्यक्ति नहीं जिसका सभी से कोई न कोई रिश्ता न हो। यही अपनापन एक दूसरे को संबल प्रदान करता है। गाँव के सभी लोग एक-दूसरे के सुख दु:ख में परिवार के सदस्यों की भाँति शामिल होते हैं। गांव के कुछ लोग मेरे दिल में ऐसे घर किए हुए हैं। जैसे मेरे घर के ही हों। कुछ मेरे अपने आज स्वर्ग को चले गए हैं, लेकिन मेरा मन, मेरी आत्मा कहती है कि वो आज भी यहीं कहीं है तेरे पास हैं।

'भिटारी' और 'ताला' नाम के दो तालाबों के मध्य स्थित मेरा गाँव एक टापू सादृश्य दिखता है। दोनों तालाबों में चित्ताकर्षक पनघट बन हुए हैं। कैथों की बगिया कैथयाई, आमों का बगीचा अमराई, बीही के बाग, बेर के बगीचे और भौंटिए गाँव की सुन्दरता में चार चाँद लगा रहे हैं।

छतरपुर जिले के अंतर्गत विश्व प्रसिद्ध पर्यटन स्थल खजुराहो से 58 किलोमीटर दूर चंदला नगर से 8 किलोमीटर दूर दक्षिण में पवित्र केन नदी के तटवर्ती प्राकृतिक रमणीय अंचल में बसा मेरा बंजारी ग्राम गौरवपूर्ण अतीत एवं पुरातात्विक संपदा की धरोहर से संपन्न है। गाँव की चारों दिशाओं में मंदिर हैं। यहाँ अनेक ऐतिहासिक व पुरातात्विक महत्व के चित्ताकर्षक स्थल है। इसमें सूर्य मंदिर एवं बंजारी दाई का मंदिर प्रमुख हैं। सूर्य मंदिर अत्यंत प्राचीन है। इससे ग्रामीण 'मढा'के नाम से पुकारते हैं।

भारत में जितने भी सूर्य मंदिर है, उनमें यह सूर्य मंदिर अपनी अलग स्थापत्य कला के लिए विशेष स्थान रखता है। मंदिर एक लंबी चौड़ी प्राचीर से घिरा हुआ उत्तुंग स्थल पर स्थित है। किंतु संरक्षण के अभाव में जीर्ण-शीर्ण होकर अपना अस्तित्व शनै: शनै: खोता जा रहा है। मंदिर के गर्भगृह में सुंदर शिवलिंग स्थापित है। जिसे कुछ आतताइयों ने लालचवश तोड़कर खंडित कर दिया था। कुछ दशक पहले तक लोगों का मानना था कि यह शिव मंदिर है। लेकिन मंदिर के ऊपर पंच मंदिर अंकित हैं। जो समकालीनता का बोध कराने के साथ-साथ यह प्रमाणित करते

हैं कि यह सूर्य मंदिर ही है। इन्हीं मंदिरों में से मध्य के मंदिर में सूर्य भगवान विराजमान हैं। मंदिर से सटे हुए विशाल सप्त द्वार थे। जिनमें से केवल एक द्वार ही शेष बचा है। लगभग 13 फुट ऊंचा उत्तम अलंकृत यह दरवाजा दर्शकों का मन मोह लेता है। शेष दरवाजों के कलात्मक पाषाण खण्ड पड़े-पड़े अपनी दुर्दशा पर आँसू बहा रहे हैं। इन पाषाण खण्डों में भगवान शिव-पार्वती व गणेश जी के संपूर्ण जीवन वृत्तांतों का चित्रण है। जिसमें से शिव विवाह का चित्रण उल्लेखनीय है। कामकला की सुन्दर मिथुन मूर्तियां मन मोह लेती हैं। मंदिर प्रगाढ़ में विद्यमान अवशेषों से इस बात की पुष्टि होती है कि मंदिर के चारों ओर समीप ही दसों दिग्पालों वालों की मूर्तियां स्थापित थीं। जो स्वार्थी और लालची दर्शनार्थियों द्वारा ग्रामवासियों की अज्ञानता का लाभ उठाते हुए ले जाई गई हैं। कुछ जागरूक ग्रामवासियों के विरोध करने पर उनके द्वारा यह तर्क दिया जाता है कि वे पुरातत्व विभाग के कर्मचारीगण हैं। वे अपनी मीठी-मीठी बातों से गाँव वालों को कहते हैं कि वे इस मंदिर का जीर्णोद्धार करवाएंगे, परंतु आज तक वे लौटकर नहीं आए।

बहरहाल शासन-प्रशासन द्वारा सन 2017-18 में सौंदर्यीकरण कराया गया। जो पूरी तरह नहीं हो सका और आज भी अधर में लटका हुआ है। क्षेत्रीय लोगों को अब भी उम्मीद है कि कोरोना काल समाप्त होने के बाद मंदिर में जीर्णोद्धार का कार्य प्रारंभ होगा।

जनश्रुति है कि कालिंजर दुर्ग, खजुराहो के मंदिर एवं बंजारी के इन मंदिरों का निर्माण समकालीन है। इन मंदिरों का परिसर विशाल है, लेकिन आए दिन अतिक्रमणकारियों की गतिविधियों के चलते इसका क्षेत्रफल घटता जा रहा है। ऐसा प्रतीत होता है कि अगर समय रहते ध्यान ना दिया गया तो वे संपूर्ण मंदिर को ही निकल जाएंगे। यदि पुरातत्व विभाग व प्रशासन जागरूक न हुआ तो एक दिन इसका अस्तित्व ही मिट जाएगा। पुरातत्व विभाग द्वारा खजुराहो के अतिरिक्त आस-पास के अन्य ऐतिहासिक, धार्मिक स्थलों के साथ उपेक्षापूर्ण रवैया अपनाए जाने के कारण उनका अस्तित्व खतरे में है। ऐसा आखिर कब तक चलेगा?

इस मंदिर से 400 मीटर दूर दक्षिण में पार्वती मंदिर है। जिसे ग्रामीण 'माँ बंजारीदाई' के नाम से पुकारते हैं। यह मंदिर लंबे-चौड़े पाषाण खण्डों से पंचायतन शैली में निर्मित है। इसमें अनेक शिलालेख हैं, जो आज तक पढ़े नहीं जा सके हैं। इस मंदिर के प्रांगण में एक चौकोर आँगन है। मंदिर परिसर में आम का सुंदर बगीचा है, जिसमें विशाल वटवृक्ष के नीचे दक्षिण मुखी हनुमान जी विराजमान हैं। बगीचे में एक प्राचीन कुँआ भी है, जिसकी साफ-सफाई न होने के कारण पानी उपयोगी नहीं है। अतिक्रमणकारी इस मंदिर के बगीचे को भी अपने अधिकार में लेते जा रहे हैं।

मन्दिर के गर्भगृह में माँ पार्वती के साथ उनका पूरा परिवार है। आँगन में नवदुर्गा और देव

अप्सराएं नृत्य मुद्रा में हैं। तथा भगवान विष्णु शेषशैय्या पर विराजमान हैं। मंदिर के परिसर में बिखरे पड़े पाषाण खंडों में मिथुन मूर्तियों, जानवरों, अस्त्र-शस्त्रों जैसे कुल्हाड़ी, फरसा, धनुष, आदि के चित्र उत्कीर्ण हैं। श्रद्धालु ग्रामवासियों द्वारा देवी-देवताओं के साथ इनकी भी पूजा की जाती है।

मेरे गाँव बंजारी में इन दो प्रमुख मन्दिरों के अतिरिक्त अन्य मंदिर भी हैं, जिसमें बिहारी जू का मंदिर, श्री हनुमान जी मंदिर, शिव जी मंदिर, गणेश जी मंदिर एवं दिवाला मंदिर आदि हैं। बंजारी से पूर्व दिशा में 3 किलोमीटर दूर पवित्र केन नदी के किनारे खाई घाट और कल्याण गुफा दर्शनीय स्थल हैं।

अगर पुरातत्व विभाग एवं प्रशासन इन जीर्ण-शीर्ण ऐतिहासिक इमारतों का जीर्णोद्धार कर इन क्षेत्रों का सौंदर्यीकरण पर्यटन की दृष्टि से करवाये तो खजुराहो आने वाले पर्यटकों को कुछ और भी देखने को मिलेगा तथा मेरे ग्राम से होने वाले पलायन को रोका जा सकेगा।

कृषक कन्या

फटे चिथरे कपड़ों में ढके सुवर्ण तन।
हिरनी सी हेरन उनकी, कितना सुंदर मन।।
नैनों से मोती टपकें, उनकी मर्जी से फूल खिले।
दुख–सुख को समभाव लिए, कर्तव्य करें भूल गिले।।
नीर बहाती कृषक कन्या भारत देश की।
क्या उपमा दूँ मनमृतांक शांत भावावेश की।।
पावन निर्मल नीर बहे कमल नेत्र से।
गंगा यमुना का उदगम इसी क्षेत्र से।।
स्फटिक–सी निर्मल धाराएँ, बहाती कृषक कन्याएँ।
सुरबालाओं का सौन्दर्य , छीन रहीं नर बालाएँ।।
अश्रुकण गिरे धरा पर हिमालय शीश चढा.ले।
तृषित देख वसुधा को खुद को पिघला ले।।
खेतों को सिंचित कर निश्चिंति करती मानव मन।
धन्य गरीब कृषक की बेटी तू धन्य तेरा जीवन।।
एक ही बार–बार मन में आ रही बात है।
धैर्य धरो रात के बाद आता प्रभात है।।
अबला अगर कोई कहे रूक जाती कवि कलम।
सृष्टि–सृजन,पालन–पोषण, संहार की नारी शक्ति अदम्य।
ईश्वर तुल्य ईश्वर रूपेण, इर्ष्या मद से दूर।
प्रेम पीयूष के पावन सोम रस में चूर।।
रंजित अनुरंजित मन मस्तिष्क को सांत्वना की एक घडी।
तुम्हें समर्पित स्नेहसिक्त सुमन माल की हर एक लडी।।

ग्राम परिचय

यह भापतपुर है या आफतपुर,
हर आफत को गले लगाता है।
आँधी तूफान के आते ही,
ट्रांसफार्मा तक उड़.जाता है।
मुसाहब जू तुम्हारे भापतपुर की,
दशा देख, दशा की भी दशा हो जाती है।
बरसात शुरू होते ही भइया,
बाढ़.शुरू हो जाती है।।
ठंडी का मौसम देखो तो,
अधिक ठंड पड़.जाती है।
फाल्गुन के बादल होते ही,
उपल वृष्टि हो जाती है।।
यह बब्बा जू की महिमा या,
कोई पापी घुसा हुआ।
ऐसा न कहीं देखा न सुना,
कहीं पाप पुंज है धसा हुआ।।
खोज उसी की करना है,
यदि भापतपुर में रहना है।।

भाव शून्य प्रबल योजना

भाव शून्य प्रबल योजना मैंने देखी, तुम्हें दिखाने आया हूँ।
बहुत समझा मैंने अब मैं तुम्हें समझाने आया हूँ।।
ये अंधे नहीं दोनों आँखों से अच्छी तरह देख के बर्फ को आग कहते हैं।
हँसो के पर पे कीचड़ उछाल काला कलूटा काग कहते हैं।।
कितना न्याय संगत निर्णय समझे! समझाने आया हूँ।
भाव शून्य प्रबल योजना मैंने देखी, तुम्हें दिखाने आया हूँ।।1।।
जहाँ सत्य अहिंसा के बल पे हिंसा की जाती है।
पंचों के मुख पे प्रपंची छा दी जाती है।।
पंचों के मुख से परमेश्वर का स्वर कहलाने आया हूँ।
भाव शून्य प्रबल योजना मैंने देखी, तुम्हें दिखाने आया हूँ।।2।।
पंचायत प्रपंची मासूमों की आहें खा अश्रु पी जाती है।
'समर्थ को नहीं कछु दोष गुसाईं' ये बात दोहराती है।।
कर पे कर रख कायर बन, कल्पित भय से जो कांप गए।
उनको यह छली प्रपंची सता-सता कर ताप गए।।
खोकर जो पड़ी है खोपड़ी मत्था कहने आया हूँ।
भाव शून्य प्रबल योजना मैंने देखी, तुम्हें दिखाने आया हूँ।।3।।
कान खोल के सुन लो जग वालों कमजोरों की बलि चढ़ती है।
लहू हो या हो आँसू, धर्म दलालों की पूडी.सिरती है।।
जिन्हें आँच लगी न पास दहकते दिल की,आज उन्हें जलाने आया हूँ।
भाव शून्य प्रबल योजना मैंने देखी, तुम्हें दिखाने आया हूँ।।4।।
ब्रह्मा ने विष्णु को छोटा कह अपना मान घटाया है।
भूल गए इतिहास को आज गया दोहराया है।।
रूद्र रूप में आज सिर नहीं, नाक काटने आया हूँ।
भाव शून्य प्रबल योजना मैंने देखी, तुम्हें दिखाने आया हूँ।।5।।
राम-रावण राज्य गया,पंचायती परपंची राज्य आने वाला है।
मरोड़-कचौड़ के चार वेद छह शास्त्र सार को खाने वाला है।।

झूठा साक्ष्य समाज केतकी आज त्यागने आया हूँ।
भाव शून्य प्रबल योजना मैंने देखी, तुम्हें दिखाने आया हूँ।।6।।
नर में नारायण नहीं, नारायण में नर हैं।
परमेश्वर के साक्षात्कार के आडंबर में पशुओं के सर हैं।।
मढे.तर्क–वितर्क के प्रश्न औजारों से।
दोनों पक्ष घायल ऊटपटांग प्रश्न प्रहारों से।।
बहुमत से तो निर्णय नहीं, सर्वसम्मत से कैसे होंगे? यही सिखाने आया हूँ।
भाव शून्य प्रबल योजना मैंने देखी, तुम्हें दिखाने आया हूँ।।7।।

अनंग मोहन मुखर्जी

व्यक्तिगत परिचय

जन्म तिथि : 23/10/1979

जन्म स्थान : राँची (झारखण्ड)

पिता : स्व0 एस0 एस0 मुखर्जी

माता : श्रीमती तृप्ति मुखर्जी

शिक्षा : एम0 ए0(हिन्दी) बी0 एड0

संप्रति/कार्य : सहायक शिक्षक संत मदर टेरेसा उच्च विद्यालय, नेवरी विकास, राँची

लेखन विधा : कविता, कहानी, उपन्यास

प्रकाशित कृतियाँ : अनेक पत्र–पित्रकाओं एवं आकाशवाणी राँची से कुल मिला कर एक सौ रचनाएँ प्रकाशित एवं प्रसारित।

प्राप्त सम्मान : अनेक साहित्यिक संस्थाओं द्वारा सम्मानित।

पता : एलएफ 10/16, बरियातु हाउसिंग कॉलोनी, बरियातु, राँची– 834009 ; झारखण्ड द्ब

ईमेल : anangmohan12@gmai l .com

दूरभाष : 77392 47915, 91990 81930

होनी अनहोनी

बरसात का मौसम जा चुका थाए लेकिन गलती से आसमान पर एक दो बादल पानी के लिए आ धमकते थे और-झर झर बरस कर यह जा वह जा और फुर्र। कभी-कभी तो घर के आंगन में बरसात होती रहती और पिछ्वाड़े धूप खिली होती थी। बड़ा अजीब यह महीना था बस 20-25 दिनों बाद गेहूं और चने की बुआई शुरू होने को थी।

गांव में तो पुरे बरस ही खेती का काम लगा रहता है। बरसात के दो-तीन महीनों में ही किसान थोड़ा बेफिक्र रहता है वरना एक काम से दूसरा काम जुड़ा हुआ ही है। फिर कुछ दिनों से तो खेती पूरी तरह से बर्बाद हो रही थी। कभी पानी अधिक बरस रहा था और तभी एकदम सूखा फिर बिजली की कटौती भी इतनी थी की फसलें सुखी जा रही थी। लेकिन बिजली के खंभे और तार तो थे किंतु करंट बिल्कुल नहीं था। किसान भी तो ऐसा मरा गड़ा बस खंभे की भाँति खड़ा था परंतु उसके पास कुछ भी शेष नहीं था। ऐसे में बाबूलाल के घर हवेली से दो-तीन बार खबर लेकर सेवक आ चुका था की हवेली में बुलावा है। बाबूलाल जानता था कि कोई बेकार होगी जो उसे करवाना होगा। इधर हवेली से छन छन कर खबरें नीचे टोली तक आ रही थी कि हवेली की हालत ठीक नहीं है। अब सब ऊपरी ठाठ बाट रह गए हैं वरना बीस तीस साल पहले की बात ही कुछ और थी थानेदार साहब से नेता सब हवेली जाते थे। वहां मुर्गा दारू और उनकी पसंद के सब कुछ मिल जाती थी सरकारी अफसर भी धन्य और हवेली के पटेल साहब भी धन हो जाते थे।

बेटे गांव छोड़कर शहर पढ़ने चले गए वहां खर्च बढ़ गया इधर खेती बर्बाद हो रही थी हर वालों को देने के लिए रुपए भी नहीं हो पा रहे थे। खेती की फसल से ही वेतन चुकाया जा रहा था। पिछले तीन-चार वर्षो में तो कुछ ऐसी गंदी चल निकली थी कि किसी का थाने में बुलावा होता तो सिपाही आ जाता और पकड़ ले जाता अब नेता भी हवेली की ओर कम मुंह करते थे। हवेली में नौकरों सेवकों की संख्या कम हो गई थी। पटेल साहब गांव के मुखिया कहलाते थे। अब नाम भी धीमे-धीमे खत्म होते जा रहा था। बड़े लोगों के साथ यही मरण है बेचारे एक बार शेर पर बैठ गए और अगर उतरे तो शेर खा जाए और बैठे रहे तो खुद बिक जाए। ऐसी ही कुछ हालत पटेल साहब की हो गई थी।

हालांकि मुझे अभी भी ऊंची ही थी। उनके बगल के रिश्तेदारों से उनकी तनातनी भी किसी से छिपी नहीं थी। उधर अगर किसी प्रकार का धार्मिक आयोजन होता तो इधर उसका उत्तर यह भी देते थे। उधर भागवत पुराण में चार पांच सौ ने भोजन किया तो इधर नर्मदा पुराण बैठाकर पूरे गांव

भर को न्योता दिया जाता था। चाहे वह शान शौकत उधारी में हो चाहे स्वयं को ही गिरवी रखकर लेकिन शेर पर जो बैठे हुए हैं यह तनातनी कुछ ऐसी थी कि कब कोई बड़ा कांड हो जाए इसकी आशंका बराबर गांव में बनी रहती थी। फिर हवेली में आग लगेगी तो गांव के झोपड़े तो चलेंगे ही।

सेवक बाबूलाल को खबर कर चुका था कि अब रुकना यानी परेशानी को न्योता देना था हालांकि बाबूलाल मात्र 2 एकड़ भूमि का मालिक था छोटा सा परिवार और अपने में खुश था थोड़ी बहुत बाजार की उधारी थी इतनी थी कि झुका कर नई उधारी वह लेता था उसकी पत्नी मुनिया बाइक उसके प्रत्येक काम में भारतीय पत्नी की तरह सम्मिलित रहती थी। बाबूलाल को अकेला जाते देख उसने भी कहा कि वह भी हवेली साथ होले लेकिन बाबूलाल नहीं चाहता था कि मुनिया बाई साथ जाए। लेकिन मुनिया भाई ने पति का साथ नहीं छोड़ा और वह हवेली में पहुंच गए।

बड़े दरवाजे से अंदर गए बाहर के बरामदे में पटेल साहब चिंता मग्न होकर लेटे थे। एक सेवक पांव दबा रहा था ऊपरी मंजिल पर खाना पकाया जा रहा था जिसकी खुशबू नीचे तक फैली हुई थी। पटेल साहब ने बाबूलाल को आते देख थोड़े कुकुरू होकर बैठ गए। बोले–क्यों रे बाबूलाल कैसा है।

–मालिक ठीक हूं। कैसे याद किया। बाबूलाल ने कहा।

मुनिया ने भी घुंघट मुंह पर ले लिया है और इज्जत से बैठ गई।

–और खेती कैसी चल रही है।

–ठीक है मालिक। हां समय खराब आ गया है। हमें भी बहुत घाटा हो गया है।

पटेल साहब अपनी बात पूरी नहीं कर पाए थे कि एक सेविका दो गिलास में छाछ ले आई। यह ग्लास कागज के बने हुए थे जिसका आजकल चलन शुरू हो गया है वरना छोटी जाति के लिए बड़े दरवाजे के आले में कप और ग्लास दोनों रखे होते थे। दोनों ने छाछ के गिलास को चुपचाप ले लिया।

–तेरी जमीन कितनी है?

–सवा 2 एकड़ मालिक।

बाबूलाल ने बोल तो दिया लेकिन मन घबरा गया कहीं बेचने की ना कह दे।

–बाबूलाल देख! तेरे बाप दादाओं से हमारे रिश्ते थे कुछ देर पटेल साहब चुप हो गए उन्होंने गहरी नजर से घुंघट के पीछे चेहरे के भावों को पढ़ने की कोशिश की फिर कहना शुरू किया। तुझे मालूम है कि मेरी तीन कन्याओं की तो की शादी हो गई है। एक कन्या का विवाह करना है वह कहते कहते चुप हो गए।

मुनिया बाई सोच रही थी आखिर यह बात कह कर हमसे क्या चाहते हैं। कन्या का विवाह तो सौ तीरथ करने के बराबर है।

पटेल साहब ने कहा बाबूलाल एक छोटा सा काम था।

बाबूलाल का दिल धड़का। थूक निगलते हुए उसने कहा–कहिए मालिक।

–कन्या के विवाह के लिए 50, 000 की जरूरत है। बाबूलाल सुना तो माथा पकड़ लिया। वह क्या करें कहां से लाए 50, 000।

उसके बोल गले में ही 10 कर रह गए थे।

–मैं जानता हूं पगली इतनी रकम तेरे पास कैसे होगी।

–जी जी मालिक। बाबूलाल बड़े पटेल के हां में हां मिलाई।

–पगले हमें मालूम था इसलिए तो एक व्यवस्था की है बैंक में बड़े साहब हमारे पुराने दोस्त हैं वह जमीन गिरवी रखना है।

–मालिक... बाबूलाल की आवाज में घबराहट थी।

–नहीं रे पगले... पूरे स्नेह से साहब ने कहा

–फिर मालिक

–बैंक से क्रेडिट कार्ड बनवा लेते हैं 50 हजार मिल जाएंगे अगली फसल पर हम चुका देंगे।

–कैसे...

–अरे पगले सरकार तीन चार प्रतिशत पर उधार देती है। ब्याज भी हम ही चुकाएंगे। कन्या के विवाह की बात है क्यों बहू क्या कहती हो पटेल साहब ने मुनिया बाई की और अपनी बात को देखते हुए कहा।

–जी जी मालिक घूंघट में से घबराई आवाज आई थी...

–तू तेरी वही लेते आना मैं सब कागज करवा दूंगा बैंक चलेंगे। बस 1 दिन में सब हो जाएगा वह आखिर कन्या है उसका विवाह हो जाए तो गंगा स्नान समझो। हां तुम भी भिजवा। दो एक–दो दिन में हम कर्जा लेकर बैंक की उधारी चने गेहूं की फसल पर चुका देंगे।

–जी मालिक।

लाख चाहने पर भी बाबूलाल के मुंह से ना नहीं निकला।

–चलो अच्छा हुआ बैंक का क्रेडिट कार्ड पर सब हो जाएगा ब्याज भी कम और जमीन भी सुरक्षित रहेगी तो उठकर जरा वही भिजवा दो।

–जी मालिक।

दोनों जाने को उठे कागज के क्लास को हाथों में उठाया और आंगन से बाहर निकलने वाले थे तो बड़ी मालकिन ऊपर से दिखाई दी वह भी बहुत दुबली हो गई थी।

कन्या के ब्याह के लिए पटेल साहब ने रुपयों की कही है यह तो पुण्य की बात है। हम गरीब छोटो से भी मदद की उम्मीद करते हैं यह हमारे लिए सम्मान की बात है। सेवक उनके साथ हो लिया बाबूलाल ने वही निकाल कर दे दी मुनिया बाई ने पति को सांत्वना देते हुए कहा चिंता मत करो कन्या का विवाह है हमारी भी दो कन्याए हैं बड़े मालिक दे देंगे।

अगले दो-तीन दिनों बाद फिर एक खबर आई और बाबूलाल बैंक गया। अंगूठा लगाकर 50, 000 दिन के लिए गेट के बाहर पटेल साहब ने ले लिए थे। बाबूलाल को चाय नाश्ता करवा दिया गया था। बाबूलाल की बड़ी इच्छा थी कि एक पौवा पीने की। सुबह पटेल साहब से अलग होकर पी लिया और रात गए गांव में पहुंचा। सुबह नींद भी नहीं खुली थी कि गांव में पुलिस की गाड़ियों के सायरन की आवाज से उसकी नींद खुल गई। वह निकला तो पूरे गांव में भगदड़ मची थी सब भाग रहे थे छिप रहे थे आखिर मामला क्या है। उसने जानने की कोशिश की लेकिन कुछ पता नहीं चल रहा था वह थोड़ा आगे बढ़ा तो लछिया नाई रुकते छुपते भाग रहा था।

–क्यों काका क्या हुआ... बाबूलाल ने उसको घबराए देखा तो पूछा। उसने बाबूलाल का घर खुला देखा तो सीधे घर में घुस गया साँसों को काबू में करते हुए कह उठा बाबूलाल भैया गजब हो गया है।

का हो गया?

मर्डर....

मर्डर किस का? बाबूलाल का रात का पौवा का नशा उतर पुरा उतर गया था। मुनिया भी एक और खड़ी होकर बातें सुन रही थी। बड़े मालिक और उसके दो नौकरों का लछिया ने भयभीत नेत्रों से इधर उधर देख कर कहा खून ही खून चारों ओर था। वहां नहर के पास सड़क पर काट दिया जालिमों ने।

कौन थे बाबूलाल ने पूछा।

बगल के रिश्तेदारों से वह पुरानी तनातनी चल रही थी। कल सुना कन्या के विवाह के लिए सोना खरीद कर ला रहे थे। वह तो ताक ही रहे थे मौका मिला तो लूट कर खत्म कर दिया लछिया काका ने पुनः कहा भैया हमने जो बताया वो किसी से मत कहना। कह कर लछिया छिप कर पतली गली से निकल गया।

पूरे गांव में सन्नाटा पसर गया था। पुलिस की गशत शुरू हो गई थी। सब डरे और सहमे हुए

थे पटेल के बेटे षहर से आ गए थे। शाम तक दाह संस्कार हुआ। बाबूलाल भी शमशान गया। चारों ओर अजीब सा सन्नाटा था। एक साथ तीन हत्याएं ऐसा गांव में कभी नहीं हुआ था चारों ओर दहशत का वातावरण था पूरे एक सप्ताह तक पुलिस बनी रही। ना जाने कहां-कहां से बड़े-बड़े लोग मिलने आते रहे। एक रात मुनिया बाई ने पति से कहा-हमारे 50, 000 उधारी का क्या होगा।

-पगली वह जान से गए। हम ऐसी बातों से कैसे कर सकते हैं।

-उनसे नहीं मैं तुमसे पूछ रही हूं।

-देख समय आएगा तो चलकर मालकिन से पूछ लेंगे। वह ईमानदार है। बाबूलाल ने स्वयं को आश्वस्त करते हुए कहा।

10 दिनों बाद एक दोपहर पति पत्नी दोनों हवेली में गए। बरामदे में वह दीवान खाली पड़ा था जिस पर बड़े मालिक बैठते थे। पूरी हवेली में सन्नाटा छाया हुआ था। उन्होंने इधर उधर देखा एक सेविका प्रकट हुई। वह वही दीवान के पास नीचे बैठ गए। तब ही अंदर से बड़ी मालकिन प्रगट हुई बहुत उदास बिना सिंगार के आकर दीवान पर बैठ गई। प्रश्न भरी नजरों से वह बाबूलाल और उसकी पत्नी को देखने लगी। थोड़ी देर बाद बाबूलाल ने कहा-मालकिन हमें बहुत सदमा पहुंचा।

हुंकार भर कर मालकिन ने साड़ी के पल्ले से आंसू को पूछ लिया। मुनिया किसी स्त्री का दर्द समझ सकती थी। उसने दुखी स्वर में कहा-मालकिन कन्या के विवाह का क्या होगा।

-वह तो देख कर गए हैं सो तो होगा ही बड़ी मालकिन ने कहा।

-मालकिन बुरा ना लगे तो एक बात कहें।

-कैसी बात...

बड़ी मालकिन ने पूछा।

-बड़ी मालकिन हमसे मालिक 50, 000 उधार लिए हुए थे।

तुमसे उधार!

-हाँ मालकिन, हम झूठ नहीं कर रहे हैं बैंक से क्रेडिट कार्ड बनाकर कन्या विवाह के लिए पूरे 50, 000 उनकी मौत के एक दिन पहले लिए रहे। हम गंगाजल की सौगंध खाकर कह रहे हैं।

बाबूलाल के स्वर की सच्चाई बातों से प्रगट हो रही थी।

-बड़ी मालकिन ने कहा बाबूलाल हमें नहीं मालूम लिए रहे की नहीं। लेकिन तू जो कर रहा है तो हम भरोसा किए हैं। हम लौटा देंगे लेकिन अभी तो हमारे पास भी नहीं है।

बड़ी मालकिन ने कहा।

पति पत्नी ने सुना तो उन्हें इस बात की तसल्ली हो गई कि बड़ी मालकिन ने रुपए देने की बात

स्वीकार कर ली। यदि मना कर देती तो वह क्या कर लेते। वह लौट आए।

दो-तीन महीनों के अंतराल से बड़े पटेल की बेटा का विवाह हो गया कन्या की विदाई हो गई। एक दोपहर बैंक का चपरासी नोटिस लेकर आ पहुंचा। फसलें आ जाने के बाद भी रुपए जमा नहीं हुए थे। पुनिया बाई और बाबूलाल बैंक का नोटिस लेकर हवेली में पहुंचे और बड़ी मालकिन को नोटिस थमा दिया। बड़ी मालकिन ने नोटिस देखा कागज को उल्टा पुल्टा और कह उठी-बाबूलाल भैया तुम्हारा बड़ा एहसान रहा। उनकी तो हत्या हो गई लेकिन हमारी तो मौत हो गई। वह क्या गए पूरा जीवन परेशानी में डूब गया।

कह कर वह रोने लगी।

फिर कह उठी-तुम व्यवस्था कर लो अभी तो हमसे कोई व्यवस्था नहीं हो पाएगा। फिर हमें उन्होंने कुछ भी नहीं बताया था फिर भी हम आवक होने पर देने की कोशिश करेंगे।

कह कर मुंह में पल्ला लगाकर वह अंदर चली गई। हवेली का पूरा सन्नाटा मानो उन दोनों को खाने को दौड़ रहा था। मुनिया बाई ने पति का चेहरा देखा वह बहुत पीला कमजोर लग रहा था। लग रहा था 2.15 एकड़ जमीन बैंक नीलाम कर देगी लेकिन वह 50, 000 ब्याज सहित कहां जाएंगे कन्या के विवाह सौ तीर्थों के बराबर होता है। मन ही मन तो दोनों बहुत व्याकुल हो गई।

बाबूलाल ने कहा-मुनिया बड़े मालिक की हत्या हो गई। मालकिन कहे हैं कि उनकी मौत हो गई। अरे हम तो बेमौत मारे गए। हमारा तो कुछ भी लेना देना नहीं था। हमें किस पाप की सजा मिली है। बे मौत मौत की सजा हम भुगत रहे हैं।

कह कर वह जमीन पर माथा देकर जो जोर से रो पड़ा। पूरी हवेली में बाबूलाल के रोने की आवाज गूंज रही थी पर उसकी आवाज हवेली में दबकर रह गई।

बड़ी मालकिन के लिए यह एक होनी थी लेकिन बाबूलाल के लिए यह एक अनहोनी थी।

आशा शुक्ला

व्यक्तिगत परिचय

जन्म तिथि : 01-01-1973

जन्म स्थान : ग्राम बंथरा, शाहजहांपुर

पिता : श्री श्यामनारायण अवस्थी

माता : (स्व.)श्रीमती सरवती देवी

पति : बृजकिशोर शुक्ला

शिक्षा : एम.ए. हिंदी

सम्प्रति / कार्य : लेखन

लेखन विधा : कहानी, कविता, उपन्यास, लेख

प्रकाशित कृतियाँ : साझा संग्रह-शहादत एक इबादत, जिद जीत की, दो टूक जिंदगी, उत्तर आधुनिक काव्य, माहिया के हस्ताक्षर, पलाश।
उपन्यास-जल बिच मीन पियासी

प्राप्त सम्मान : प्रतिलिपि एप पर कई कहानियाँ पुरस्कृत, विभिन्न साहित्यिक संस्थाओं द्वारा प्राप्त सम्मान, उत्तरप्रदेश के कैबिनेट मंत्री द्वारा साहित्य सम्मान।

पता : ग्राम व पोस्ट- बंथरा, जिला-शाहजहाँपुर (उत्तरप्रदेश)

ईमेल : studywithmayank@gmai l .com

दूरभाष : 9140728450

उन्हें याद है

नदी के किनारे बसे हुए इस छोटे से गांव का नाम रतनपुर था। मुख्य मार्ग से कोसों दूर था और मुख्य मार्ग से गांव को जोड़ने वाला संपर्क मार्ग भी टूटा फूटा था।

वैसे तो इस गांव में प्रकृति ने अपने दोनों हाथों से सौंदर्य वर्षा की थी। पर पशुपालन और खेती के अलावा रोजगार का और कोई साधन ना होने के कारण अधिकांश लोग या तो शहर में रोजगार करने चले गए थे या नौकरी करने। गांव के उत्तर दिशा में बाहरी छोर पर जो अधकच्चा बना हुआ मकान है, वह बागेश्वर और कन्हैया लाल का है। घर के आधे भाग में बागेश्वर अपनी पत्नी और बेटी के साथ रहते हैं और आधे भाग में उनके छोटे भाई कन्हैया लाल की पत्नी अपने दो बेटों के साथ रहती है। बड़ा बेटा सुदीप 4 वर्ष का है और महीप 3 वर्ष का। कन्हैयालाल शहर में नौकरी करता है।

बागेश्वर गांव में ही रहकर खेती-बाड़ी करते हैं। छोटे भाई कन्हैया लाल की खेती बाड़ी भी वही संभालते हैं और उनके परिवार की देखभाल का जिम्मा भी उन्हीं का है। दोनों भाइयों में बहुत प्रेम है पर उनकी पत्नी शारदा और कन्हैया लाल की पत्नी आनंदी में बिल्कुल नहीं बनती।

इसका भी एक कारण है। उनकी एक 13-14 वर्षीय बेटी है इसके अलावा और कोई संतान नहीं है। मोहल्ले टोले की तजुर्बेकार स्त्रियों ने उनको समझा रखा है -आजकल कोई किसी का सगा नहीं होता जब तुम्हारी बेटी की शादी हो जाएगी वह अपने घर की हो जाएगी तब तुम्हारी जमीन जायजाद पर इन लोगों की नजर होगी। भाई भतीजे किसी के हुए हैं। यह तुम्हारी देवरानी कोई कम थोड़े है। आदमी परदेस में कमा रहा है वो पैसा दाब कर बैठी है। देती है कभी तुम्हें। अपने लिए मुँह बाये रहती है। सावधान रहो इन से!

कन्हैया लाल के दोनों बच्चे शैतानी के पुतले हैं। सवेरे सवेरे यह जोड़ी अपनी खेल सामग्री झोले में रखकर ग्राम भ्रमण के लिए निकली है। घर के बाहर निकल कर दोनों ने मशविरा किया। अब बाहर चबूतरे पर उन्होंने दुकान सजाई है। झोले में से निकला सामान है-दो-तीन चम्मच, एक चाकू, चमचा और उनके दो तीन पुराने कपड़े कुछ खिलौने जिसमें एक प्लास्टिक का घोड़ा रंग-बिरंगे कंचे पन्नी और चूर्ण के थोड़े से नकली नोट हैं। उनका खेल अपने पूरे जोरों पर है।

बागेश्वर जी नहा धोकर पूजा पाठ कर के आंगन में आए उन्होंने अपनी पत्नी को आवाज देकर जलपान लाने को कहा। जलपान करने के बाद उन्हें अपने उस पपीते की याद आई जो कल ही बाहर के चबूतरे के पेड़ से तोड़कर लाया गया था। यद्यपि यह पका हुआ था पर उनके मतानुसार

एक खूब घुला हुआ पका नहीं था इसीलिए उसे पकने के लिए एक दिन और रखा गया था। शारदा अंदर गई और चिल्लाती हुई वापस आयी। उनके हाथ में पपीता था वह उन्होंने आंगन में रख दिया। पपीता खूब लाल लाल पका हुआ ही था लेकिन बुरी तरह नुचा हुआ उसे प्राकृतिक ढंग से अर्थात हाथों से नोंच नोंच कर खाया गया था अब केवल उसकी बाहरी काया पड़ी थी। शारदा देवी हाथ झमका झमका कर चिल्ला रही थीं।

इन लोगों के मारे कोई भी चीज रहना मुश्किल है। हमारी भी तो लड़की है मजाल है कि किसी की कोई चीज छू भी ले पर इन सनीचरों के मारे कोई भी चीज रखना मुश्किल है। आनंदी को सामने देखकर उन्होंने हाथ झमकाते हुए कहा यही गुण सिखाए है तुमने अपने बच्चों को। बड़े हो कर चोरी करेंगे। अपमान और क्षोभ के मारे आनंदी की आँखों में आँसू भर आये। शोरगुल सुनकर मामला जानने के लिए महीप और सुदीप अंदर आए और अपनी मार की तैयारी देख वहां से नौ दो ग्यारह हो गए।

मंगू की दादी जरा आनंदी के यहां बैठने के लिए आ रही थी कि विक्रेता विहीन दुकान से साधु जनों की भांति सारसार (चम्मच', छुरी, चमचा)को ग्रहण करके अपने घर यथास्थान पहुंचाकर थोथा, (झोले वाला कबाड़)झोले में भरकर कन्हैया की बहू को थमाते हुए प्यार से उलाहने भरे स्वर में बोली- बहू देखती नहीं हो बच्चों को। कुछ भी सामान बाहर डालते रहते हैं।

दोपहर का खाना भी बन गया। दो-तीन घंटे से दोनों गायब हैं। उन्हें हर जगह ढूंढा पर वे कहीं नहीं मिले। नदी किनारे वाली पहलेज से सब्जी लाने गए श्याम बाबू ने आकर बताया कि बाग के बाहर उस झाड़-झंखाड़ वाले झाऊ में तुम्हारे बच्चे मार पड़ने के डर से वहा छिपे बैठे हैं। साँप-आँप न काट ले। मेरे कहने से नहीं आए। आनंदी तेजी से वहां पहुंची तो उसने देखा कि वास्तव में उस बेहद दुर्गम झाऊ में दोनों भूखे प्यासे छिपे बैठे हैं। आनंदी की आँखें भर आई उसका क्रोध हवा हो गया वह उन्हें घर ले आयी।

थोड़ी देर बाद दोनों नहा धोकर धुले कपड़े पहन कर भोजन कर रहे थे। आनंदी दोनों को अपने हाथ से कहानी सुना सुना कर खिला रही थी तभी महीप, सुदीप ने कहा, -माँ! श्याम बाबू चाचा कह रहे थे-चलो! चलो! नहीं तो सांप काट लेगा। अच्छा सांप काट लेगा तो क्या होगा? आनंदी ने कहा लोग सांप के काटने से मर जाते हैं। सुदीप ने कहा मर जाने से क्या होता है? आनंदी ने कहा मर जाने पर उन्हें नदी में बहा दिया जाता है। आनंदी ने बड़े प्यार से उन्हें समझाया कि शरीर के भीतर आत्मा रहती है और साँप के काटने से आत्मा निकल जाती है फिर आदमी मर जाता है। कभी झंकार में मत जाना। आनंदी ने तो उनकी रक्षा के लिए ऐसा कहा पर उन बच्चों के कोमल

मन में सदा के लिए यह बात भयानकतम रूप में बैठ गयी। सुदीप और महीप दोनों ने एक साथ भयभीत होकर हामी भरी और वचन दिया कि अब वे वहाँ कभी नहीं जाएँगे और बड़ी अम्मा (शारदा) को तंग नहीं करेंगे।

हाँ! बागेश्वर अपने इन भतीजों को खूब चाहते हैं। पर शारदा के भय के कारण प्रकट नहीं कर पाते हैं। अपने छोटे भाई की अनुपस्थिति में उनका यह स्नेह कुछ ज्यादा ही बढ़ा हुआ रहता है। खाने पीने की वस्तुएं बहुधा उन बच्चों को बाहर ही चुपके से दे दिया करते हैं। इन बच्चों ने गांव में सभी के यहां पर पैठ बना रखी है पर बड़ी अम्मा के हृदय दुर्ग की प्राचीर में जरा सी भी सेंध नहीं लगा पाए जितना ही वह उन्हें झिड़कती हैं। उतना ही वे उन्हें चिढ़ाते हैं।

आनंदी ने अब सख्ती कर दी है। उन्हें अब ज्यादा बाहर नहीं निकलने देती। इसीलिए वे अपनी कलाओं का प्रदर्शन घर में ही करके धमाचौकड़ी मचाए रहते हैं। जब तक आनंदी बाहर गाय के लिए चारा डालने जाती है तब तक वे रसोई घर से आटे के कनस्तर से आटा एक दूसरे पर पर फेंक-फेंक कर सफेद मूर्तियां बन जाते हैं। मां को आते देख कर एक मूर्ति झट से औंधे रखे टब के नीचे छुप जाती है तो दूसरी धान की बोरी के पीछे। आनंदी उन्हें ढूंढ़ लाती है और नहला- धुला कर जब तक आनंदी खाना बनाती है। तब तक वे आंगन खोद डालते हैं। जोश में बताते हैं कि नींबू का पेड़ लगा दिया है। शारदा की बेटी राजलक्ष्मी उनकी लीला देखकर हंसते-हंसते लोटपोट हो जाती है और अपनी चाची को दौड़-दौड़ कर बता आती है। वह अपने इन छोटे भाइयों से बहुत स्नेह करती है गाहे-बगाहे वह इनकी रक्षा भी करती रहती है। कभी चाची की पिटाई से तो कभी अपनी माँ की फटकार से। क्या माँ! जाने दो ना! कितने कितने प्यारे भाई है! तब शारदा उसे फटकारती-चाहें तू इनके लिए कुछ भी कर ले। एक दिन तू पछ्ताएगी फिर सहसा एक दिन वो घटना हुई जिसने इस पूरे परिवार का जीवन ही बदल दिया।

आज शारदा का एकादशी का व्रत था। पूजा पाठ करने के उपरांत उन्होंने फलाहार किया। तभी दोनों भाई एक दूसरे के कंधे पर हाथ रखे भाईचारा निभाते हुए उधर से निकले। एक के हाथ मे रोटी थी जिसे दोनों बारी बारी से खाते जाते थे। तभी बड़ी अम्मा की लुभावनी स्वादिष्ट फलाहार सामग्री को देख कर रुक गए। उनके हाथ में रोटी देखकर शारदा ने उन्हें झिड़का- हट! हट! छू ना लेना पर यह धीर योद्धा कुछ खाद्य सामग्री की प्राप्ति की लालसा में डटे रहे। शारदा ने राजलक्ष्मी से सब सामान रख आने को कहा। उन्हें कुछ भी नहीं दिया। अब तो केवल प्रतिशोध लेना था। उन्होंने रोटी शारदा के ऊपर फेंक दी और चम्पत हो गये। अब जब उन्हें फिर से नहाना पड़ा तो उन्होंने जो लानत मलामत की है उसकी तो बात ही मत पूछो! दोपहर को शारदा जमीन पर चटाई

बिछाकर सोई हुई थी। राजलक्ष्मी धीरे से चाची के पास चली गई। महीप और सुदीप ने आकर अपनी बड़ी अम्मा के कमरे में झांका। मैदान साफ देखकर मिठाई ढूंढने दबे पांव कमरे में घुसे थे कि उछल पड़े।

बड़ी अम्मा के बिल्कुल नजदीक काला साँप कुंडली मारे बैठा था। महीप और सुदीप को अपनी माँ की कही हुई बातें याद आ गई और वे बड़ी अम्मा को कल्पना लोक में मृत देखने लगे। उन्होंने एक दूसरे को देखा और जैसा कि उनका अभ्यास था बिल्ली की तरह दबे पांव निकल गए। उनके ह्रदय जोर-जोर से धड़क रहे थे। बहुत छोटी उम्र के होने पर भी इतनी सूझबूझ थी कि शोर मचाने पर साँप चौंक जाएगा और माँ को बुलाने में देरी हो जाएगी। बहुत फुर्ती से वह टाट का बड़ा फटा हुआ बोरा जो उनके लिए ब्रह्मपाश का काम करता था, (बिल्ली और खरगोश को पकड़ने के लिए) साँप के ऊपर फेंका और फिर उसके ऊपर आपत्तिकाल में उदारतापूर्वक अपने बड़े कलेवर में छिपाकर शरण देने वाला टब औंधा दिया। "धप्प " की जोरदार आवाज से शारदा चौंक कर उठ बैठी। बच्चे जोर-जोर से चीख रहे थे-बड़ी अम्मा यहाँ से भागो! नही तो ये साँप तुम्हें काट लेगा। फिर तुम्हारी आत्मा निकल जायेगी। बचो! नही तो तुम्हें नदी में फेंक दिया जाएगा। अब तक वे टब के ऊपर बिछौना और बिछौने के ऊपर, उनकी नन्ही बुद्धि के अनुसार जो भी मिलता था झोंके जा रहे थे।

जैसे ही शारदा की समझ में सारा मामला आया, वह वड़ी तेजी से दोनो को बाहर खींच लाई और कमरे के बाहर कुंडी लगा दी। इतने शोरगुल को सुनकर आनंदी, राजलक्ष्मी और पड़ोसी भी आ गए थे। खबर पाकर बागेश्वर बाबू साँप पकड़ने वाले को साथ लेकर घर मे घुसे और साँप को पकड़वाने में व्यस्त हो गए। सभी लोग उन बच्चों की शत-शत कंठों से प्रशंसा कर रहे थे।

आनंदी अपने बच्चों को बार-बार गले से लगाती हुई रूँधे गले गले से कह रही थी- तुम्हे मेरी बात इतनी याद रहती है।

आज शारदा की आँखो में जो शक और ईर्ष्या का पर्दा पड़ा था वह एकाएक हटा तो पहली बार उसने आनंदी और उसके बच्चों के निर्दोष और निष्कपट अंत :करण को पहचाना।

अपने सारे दुर्व्यवहार उसकी आँखों के सामने एक-एक करके आने लगे।

अगले दिन का सूरज नई रोशनी लेकर आया था। दोनों बच्चे शारदा और बागेश्वर की गोद में बैठे जलपान कर रहे थे।

अपनी जान की परवाह न करके उन्होने बेटों वाला कर्तव्य निभाया था। शारदा ने उन्हें विधिवत बेटे घोषित करके आनंदी का भी जिम्मा ले लिया था।

अब आनंदी और राजलक्ष्मी मिल कर रसोई संभालती है। शारदा बाहरी काम और तीनों बच्चों की जिम्मेदारी संभालती है।

शारदा आज अपने बेटों को पढ़ने के लिए शहर भेज रही है।

गाड़ी में आनंदी, कन्हैयालाल और बच्चे बैठ चुके है और गाड़ी चलने ही वाली है कि तभी दोनो बच्चे दौड़कर शारदा से लिपट गए। शारदा ने रोते हुए कहा-देखो, अपनी बड़ी अम्मा को भूल मत जाना।

अब धीरे-धीरे गाँव पीछे छूट रहा है। लेकिन उनका नन्हा सा मन वहीं भटक रहा है। कच्ची कोठरी के अंधेरे ताक में रखे कंचे...., बाग के पूर्वी छोर की सिंघाड़े वाली तलैया....उसमें रेशमी, चमकीली, काली ऊन के गोलों की तरह, तीर की तेजी से तैरते जा रहे बुडकैलिया (जलकौआ) के बच्चे..... पीली सरसों के फूलों के बीच मगन होकर नाचते मोर का गब्बर कुत्ते के आने पर पँख समेट कर पीले फूलों के खेत मे गायब हो जाना.....ऐसी जाने कितनी ही अनगिनत यादें लिए उनका बचपन तो वहीं भटक रहा है जो उन्हें बार-बार खींच कर यहीं लाएगा वही ढूँढने जो उन्हें याद है।

धरती की पुकार

भोर की किरण जब तक बृजमोहन उर्फ बिरजू के मटमैले, धूसर खपरैल के मकान की छत पर उतरी तब तक वह अपने दोनों बैलों और गाय को सानी- पानी कर चुका था! नाद के पास झाड-बुहार करके, शाम की लायी हुई घास को इन पशुओं के सामने डाला!

ये गौरी नामक गाय और अँगने-मँगने नामक बैल उसके पारिवारिक सदस्य की तरह थे! इनसे उसके द्वार पर शोभा थी, रौनक थी!

“का बाबा? इनकौ बेचौ हटावौ!! का फायदा है इनसे?” बेटा मुरली कई बार कह चुका था पर वह कैसे हटा दे इन्हें?

अकेला तो वह पहले से ही है फिर तो बिल्कुल अकेला रह जाएगा। ऐसे दिन में चार बार देखता है ...सानी- पानी करता है। मन लगा रहता है पर इस बात को मुरली क्या जाने!!

भीतर जाकर देखा तो रामरती भी झाड़ू लगाकर, चौका-बर्तन करके नहा धो चुकी थी! दीवार पर ताक में सजी कन्हैया की मूर्ति के सामने धूपबत्ती घुमाते हुए मन ही मन बड़बड़ाते हुए प्रार्थना कर रही थी :- “कन्हैया जी! कुछ ऐसी जुगत करो कि हमारा गोपाल यहां लौट आए”। कहते हुए उसकी आँखों में आँसू भर आए! उसने उन्हें आँचल से पोंछ लिया!

बिरजू :- “अरे काहे को सवेरे-सवेरे आँसू बहा रही है?” वो ना लौटेगा अब! वो बेचारा क्या करै जब मुरली ही न आवैगा! ला लोटा! तू चाय चढ़ा मैं दूध दुह कर लाता हूं! और तो कुछ ना हुआ इह ससुरी शहर की चाय यहां भी चली आई; जब तक पी ना लूँ तब तक यह शरीर की मशीनरी भी ना चलै!”

रामरती :- “तुम्हारी तमाखू से तो अच्छी है!”

बिरजू :- “तुम भी हरदम मीन- मेख निकालती हो!” रामरती के व्यंग्य से बिरजू तरोताजा हो उठा और हो हो हो करके हंसता हुआ दूध दुहने चला गया!

यह इन दंपत्ति की छोटी सी दुनिया है! इनका एकमात्र पैंतीस वर्षीय पुत्र मुरलीधर दिल्ली में फैक्ट्री में काम करता है! उसका आठ वर्षीय पुत्र गोपाल और चार वर्षीया पुत्री हंसा एक सरकारी स्कूल में पढ़ते हैं! बिरजू और रामरती अपने पोते- पोती को बहुत चाहते हैं!

छुट्टी होने पर जब मुरलीधर गांव में आता है तब ये अपने पोते- पोती के साथ खेलते, कहानी सुनाते हुए खुद बच्चा बन जाते हैं! खूब चहल-पहल रहती है! हर दिन त्यौहार जैसा लगता है!

छुट्टी खत्म होने पर जब मुरलीधर दिल्ली जाने लगता है तो ये दोनों बहुत रोते हैं! मुरली भी बहुत

रोता है :- "अम्मा बाबूजी हमारे साथ चल कर रहौ ना!"

"कैसे चलैं? हियाँ इन जानवरों का फिर कौन है?" आँसू बहाते हुए बिरजू ने कहा!

"फिर बेच दो इनको बाबूजी! औ चलौ हमारे साथ!"

हालांकि सभी जानते हैं कि यह बात कितनी खोखली है! मुरली उनका खर्चा नहीं उठा पाएगा और ये अपनी जन्मभूमि छोड़कर वहां नहीं जा पायेंगे!

उसके बाद फिर विदाई और फिर पुन: आने की प्रतीक्षा यही नियति है इनकी। बिरजू ने कितना रो- रो कर कहा था मुरली से कि "बेटा अपना घर-दुआर छोड़कर मत जाओ! अपनी जनमभूमि, अपनी धरती माता है! माता को भी कहीं छोड़ा जाता है?"

"का करूंगा ऐसे जन्म भूमि का, ऐसी माता का जो दो जून की रोटी भी ना दे सकै!! तुम ही बताओ बाबूजी! कितना पसीना बहाया है मैंने!! दिन रात एक कर दिए हैं पर का मिला? कुच्छ नहीं ना!"

मन में गहरी टीस और आँखों में आँसू लिए बिरजू खामोश हो गया था!! सच ही तो कह रहा था मुरली! कुल जमा छ: बीघा खेत में लागत लगाकर क्या बचता है? खाद, पानी, दवा छिड़काव, बीज का खर्च निकालने के लिए रुपया ब्याज पर लेना पड़ता है फिर उसके बाद जब फसल तैयार होती है तब घर में राशन के लिए रखकर, बची हुई आधी फसल बिकती है वह भी दलालों के जरिए क्योंकि अनाज का किराया, फिर वहां की तौलाई आदि का खर्चा लगाओ तो यहीं दलालों को बेचना ठीक लगता है!

जो रुपए हाथ में आते हैं उनमें मैं ब्याज के रुपए लौटा कर जो बचते हैं उनसे घर का खर्चा चलता है और वे रुपये एक-आध महीने में ही उड़ जाते हैं! क्या बचता है?

आगे की फसल के लिए फिर ब्याज पर रुपए लेने पड़ते हैं! इस बीच में मुरली के दो बच्चे हुए तो उसके लिए फिर रुपए ब्याज पर लेने पड़े थे जो वापस नहीं दे पाए! सुरसा के मुंह की तरह बढ़ते ब्याज के पैसों के बोझ तले मुरली छटपटाने लगा और वह अपने दोस्त के साथ दिल्ली भाग गया!

वहाँ से मजदूरी कर-करके रुपये लाता रहा..... देता रहा ., ...तब कहीं जाकर अब कर्ज उतर पाया है! फिर एक दिन वह भी आया यह जब वह अपनी पत्नी और बच्चों को भी ले जाने के लिए आया!

तब पहली बार बिरजू को लगा कि मुरली अब गांव, घर-द्वार छोड़कर जा रहा है!

बिरजू अपनी जन्मभूमि की और धरतीमाता की दुहाई देता रहा गया और मुरली अपनी पत्नी आरती व बच्चों को भी ले गया क्योंकि वह दिन-रात माला जपती रहती थी कि "मुझको भी साथ

ले चलो!"

शायद टीवी में देखा गया दिल्ली का जगमगाता हुआ वैभव उसे अपनी ओर खींच रहा था .....पर वह बेचारी क्या जानती थी कि यह उसके लिए केवल टीवी में देखने वाली चीज है बस!

दिल्ली पहुंच कर उसने देखा कि जिस कमरे में मुरली रह रहा है उसकी हालत खस्ता है! बिना प्लास्टर की सीलन भरी दीवारों वाले कमरे की गर्मी में तपती हुई नीची छत थी! उस भारी मकान में चारों तरफ कतारबद्ध दड़बेनुमा कमरे थे!

गांव की खुली हवा में रहने वाली आरती वहां बीमार हो गई! अधिकांश रुपए तो उसकी इलाज में ही उड़ जाते हैं! कुल मिलाकर मुरली के दुखपूर्ण और कष्ट भरे जीवन की कहानी सुन-सुनकर बिरजू और रामरती बहुत दुखी होते हैं! आखिर कहाँ जाएँ हम?

अपने खेत को बिरजू ने परती नहीं किया है! परती जमीन का फिर कोई ठिकाना नहीं!!

वह रोज अपने बैलों को खोल देता है! हल लेकर निकल पड़ता है! थोड़ा-थोड़ा करके खेत को जोतता है! ना सही मुनाफा पर कम से कम खेत जोतता रहेगा तो बंजर तो नहीं होगा!

यह प्रेम है एक धरतीपुत्र का अपनी धरती माँ से.... अपनी रोजी-रोटी से और अपने हाथों की मेहनत का यह गर्व है!!

बिरजू का बल अब थक रहा है! बासठ का होने को आया है बिरजू!! पहले सी ताकत नहीं रही! थोड़ी देर में हाँफने लगता है!! संगी साथी मजाक उड़ाते हैं :- "आपा नहीं गया बिरजू तुम्हारा! तुम्हें क्या जरूरत है? लड़का कमा रहा है!"

अब उन्हें कौन बताए कि लड़का कैसे कमा रहा है?

और उसके मन में कौन सी लालसा पल रही है? अगर फसल से रुपए जमा कर ले तो मुरली और अपनी जान ....पोता पोती गोपाल और हंसा को बुला ले! क्या पता कभी मुरली लौट आए!! नहीं तो किसी दिन प्राण पखेरू उड़ेंगे तो मुँह में पानी डालने वाला भी कोई नहीं होगा!!

रामरती ने चाय बना ली है। बिरजू दूध दुहकर ले आया। दोनों ने बैठकर चाय पी। खेत में अभी कोई काम नहीं है। खेत में थोड़े से धान बोए थे पर उनमें भी कीट लग गया है!

सहसा भोपू की आवाज आने लगी। बिरजू ने कान खड़े किए। वह ध्यान से सुनने लगा। फिल्मी गाने की धुन के बाद एक घोषणा सुनाई दी :-"सभी गांव वाले प्रधान जी की चौपाल के सामने दस बजे मैदान में जमा हो जाएं। आज मीटिंग होगी। बी.डी.ओ. बाबू और कृषि वैज्ञानिक आ रहे हैं"।

बिरजू ठीक दस बजे चौपाल पर जा पहुंचा! भारी संख्या में ग्रामीण जमा थे। प्रधान जी के बाद बी.डी.ओ. बाबू ने भाषण दिए, :-

भाइयों और बहनों! हमारे यहां आने का उद्देश्य है कि हम आप को कृषि की नई तकनीक और नई सुविधाओं के बारे में जानकारी दें! नई क्रांति लाएं! हमारे ग्रामीण युवक भारी संख्या में महानगरों की तरफ पलायन कर रहे हैं जिससे एक तरफ तो खेती ठप्प हो रही है तो दूसरी तरफ वे वहां पर सुविधाहीन और कष्टपूर्ण जीवन जीते हैं ...

बिरजू के घाव को जैसे किसी ने छेड़ दिया! वह ध्यान लगाकर सुनने लगा। एक घंटे की मीटिंग के बाद जैसे वह नया बिरजू था।

अगले दिन अँधेरे में ही वह अपने हल को लेकर चल पड़ा! जब तक सूरज की गर्मी बढ़ी ; उसने काफी खेत जोत डाला था! आते- जाते लोगों ने ताने कसे :- "का हो दद्दा!! पगला गये हौ ? "

बिरजू ने कोई जवाब नहीं दिया। रामरती परांठे रखे हुए दोपहर तक इंतजार करती रही। लगातार परिश्रम से बिरजू ने पूरा खेत जोत लिया था।

अब उसका चक्कर कभी ब्लॉक ....तो कभी बीज भंडार में लगता रहता। कभी लोग देखते कि वह मृदा-परीक्षण के लिए भागा जा रहा है! उसकी लोग हंसी उड़ा रहे थे। लोग आश्चर्य करते :-" दिमाग फिर गया है शायद। दिमाग में गर्मी आ गई है।

अब बिरजू ने खेत में ही झोंपड़ी डाल ली थी। रामरती ही उसका खाना लेकर पहुंचती थी।

एक अमानवीय हौसला जो उसने पाया था ;उसका स्रोत क्या था?

शायद उसके पुत्र और पौत्र का मोह था जिसमे वह जकड़ा हुआ था। बिरजू उनको हर हालत वापस लाना चाहता था।

किसी को पता नहीं था कि क्या कर रहा है बिरजू?

समय आने पर खेत में कोपलें फूटने लगी और रहस्योद्घाटन हुआ कि बिरजू ने फूलों की पौध तैयार की है। वह फूलों की खेती करेगा। कृषि वैज्ञानिकों की देखरेख में उसने उन फूलों की पौध को खेत में लगा दिया। उसकी लगन को देखकर कृषि अधिकारी स्वयं उसकी मदद कर रहे थे। लोन के रुपये उपलब्ध करवाए थे ..साथ ही तकनीकी सहायता भी दी। पानी का पंपिंग सेट भी खेत में लगा दिया था।

अनवरत परिश्रम रंग लाया और पौधे बड़े होने लगे। दो- दो बीघे में तीन किस्म के फूलों के बीज बोए गए थे। समय-समय पर दवा के छिड़काव, मृदा परीक्षण के अनुसार जैविक खाद लगाता रहता था। वह कोई जरा सी भी चूक नहीं चाहता था।

वह एक दाँव खेल रहा था। वह भी अपनी दम पर! उसकी लालसाएं, जिजीविषा, पुत्रमोह सभी दाँव पर लगे थे। उसे सदैव विश्वास था कि धरती माता कभी धोखा नहीं देती है। जरूरत है तो बस

मौके की। आज उसे मौका मिला है तो वह साबित कर देगा कि धरती आज भी सोना उगलती है।

उसकी पुकार को सुनो।

धरती हाँफ रही है।

रासायनिक खाद पी- पीकर वह बंजर हो रही है। आज देवदूत की तरह अचानक सहायक भी आ गए।

अथक परिश्रम, नई उन्नत कृषि की शिक्षा और अमानुषिक, अदम्य साहस की बदौलत आज बिरजू की फूलों की फसल तैयार है।

बड़े-बड़े गुलाब, गेंदा बिरजू का जीवन बदलने के लिए मुस्तैद खड़े हैं। अब लोग चकित हैं। दौड़-दौड़ कर बिरजू की उपलब्धि को देखने आ रहे हैं। बिरजू ने फूलों को बेचने के लिए किसी दलाल की मदद ना लेकर खुद ही सीधा सौदा तय किया है जिसमें कृषि वैज्ञानिक का सहयोग है।

अब बिरजू के फूलों की कीमत आनी शुरू हो गई है। फूल खरीदने वाले स्वयं ही उसे आर्डर देते हैं। अपनी सहायता के लिए वह मजदूर रखता है। जो उसे मुनाफा हुआ उसकी तो बिरजू ने कल्पना भी नहीं की थी।

ढाई लाख रुपए!

उसने लोन भी चुका दिया है जिसमे उसे भारी छूट मिली। और जब बिरजू ने किसान मेले में "सर्वश्रेष्ठ किसान' का पुरस्कार प्राप्त किया तो बधाई देने वालों की लाइन लग गई। अखबार में उसकी खबर छपी! बिरजू ने गांव का नाम रोशन किया है।

अब रास्ता खुल गया था। दिवाली आ गई और साथ ही साथ लक्ष्मी के साथ खुशियां भी! मुरली बीमार आरती के साथ वापस आ गया। अब बिरजू की मेहनत सफल हुई। बिरजू की खुशी का कोई ठिकाना नहीं है।

इतनी मेहनत करते-करते बिरजू बीमार हो गया था। दवा फायदा नहीं कर रही थी पर उसका मनोरथ पूरा हो गया था। उसने अपने जीवन की परीक्षा पास कर ली थी।

मुरली को पास बुलाकर और रुपए देते हुए कहा :- "ये रुपये लो। इनसे बहू की दवा करवाओ। ये इसी धरती की देन है बेटा! हम धरतीपुत्र हैं। सम्मान से जीते हैं। अन्न उगाते हैं ...अन्नदाता कहलाते हैं। क्या हुआ जो कष्ट में जीवन बिताते हैं!

फैक्ट्री की गुलामी से हमारी धरती की सेवा अच्छी है बेटा। धरती मां की सेवा करो। पसीना बहाओ। यह सोना उगलेगी।

एक-एक शब्द मुरली की आत्मा में उतरता जा रहा था। साथ ही साथ गोपाल भी सुन रहा

था :- "दादा जी! हम आपको छोड़कर कहीं नहीं जाएंगे।" गोपाल और मुरली की सान्त्वना ने संजीवनी का काम किया।

बिरजू की हालत में सुधार है। सारा काम मुरली ने अपने जवान और मजबूत कंधों पर ले लिया है।

"दादाजी! दादाजी! कहानी सुनाओ!

गोपाल– "मरने के बाद आदमी कहाँ जाता है?"

बिरजू–बेटा! धरती की गोद में ही जाता है! मिट्टी से आता है मिट्टी में ही मिल जाता है!"

गोपाल– "तो क्या सभी मिट्टी में मिल जाते हैं?"

बिरजू :- "हां बेटा! जब मैं नहीं रहूंगा तो मुझे फूलों में ढूंढना!! जो सबसे बड़ा गुलाब होगा समझ लेना वही मैं हूं!"

इसके बाद सिलसिला थमा नहीं!!

फूलों की खेती ने मुरली को समृद्ध बना दिया। गोपाल कृषि वैज्ञानिक बन गया है। अपने और अपने आस–पास के गाँवों की शक्ल बदलने का उसने बीड़ा उठाया है। धरती को उपजाऊ बनाने और उससे सोने जैसी फसल लेने का जो काम उसके दादाजी ने शुरू किया था उसे वह सबमें बाँटेगा! अपनी जन्मभूमि की सेवा करेगा!

बिरजू अब नहीं रहा! उसकी अंतिम इच्छा के अनुसार उसके खेतों के किनारे उसका दाह–संस्कार किया गया था। गोपाल कई दिनों के बाद खेतों में गया है। सबसे बड़ा गुलाब देखकर उसकी आंखें सजल हो गईं। उसे लगा कि उसके दादाजी का स्नेह भरा हाथ खेतों में फिर कर उसके सर पर से होता हुआ सारे गांव में ही फैल गया है उसके मुंह से शब्द निकल पड़े :-

"दादाजी! आप सच कहते थे! अपनी जन्मभूमि से बढ़कर कुछ नहीं!!

बशिष्ट नारायण सिंह

व्यक्तिगत परिचय

जन्म तिथि : 12/01/1958

जन्म स्थान : जुआफर, सीवान

पिता : श्री डी. एन. सिंह

माता : श्रीमती शलेहरा देवी

शिक्षा : बी. काम., एम. बी. ए. (एच. आर.)

सम्प्रति/कार्य : एच आर कंसल्टेंट

लेखन विधा : कविता, गीत, गजल, कहानी और नाटक

अभिरुचि : पठन, पाठन, लेखन, उदघोषण, काव्यपाठ

प्राप्त सम्मान : काव्य पाठ एवं प्रस्तुति के लिए वभिन्न राष्ट्रीय मंचों द्वारा प्रशस्ति पत्र से सम्मानित

पता : ग्रेटर नोएडा (वेस्ट), जिला – गौतम बुध नगर, यू. पी

ईमेल : sbashistnarayan@gmai l .com

दूरभाष : 9871222180

किसानी मेरा गर्व

मुझे गर्व है, मैं किसान हूं
खेती मेरा पेशा है।
न जाने किन किन लोगों का
मैं आहार जुटाता हूं।
धान, गेहूं, दलहन, तेलहन,
फल, सब्जी अपने खेत उगाता हूं।
खाद, खरी, पानी, मजदूरी
में पैसा लगाता हूं।
चिलचिलाती धूप में
अपना तन जलाता हूं।
लागत को आंके तो
ज्यादा कुछ न बचता है।
उचित मजदूरी ना मिलने से
गाँव से पलायन जारी है।
गाँव के बुनियादी ढांचा को
बदलना बहुत जरूरी है।
कृषि उत्पादों के मूल्य का
उचित निर्धारण जरूरी है।
सुख सुविधाओं के आभाव का
उन्मूलन बहुत जरूरी है।
कृषि प्रधान अपने भारत में
किसानों का बचना जरूरी है।
मुझे गर्व है, मैं किसान हूं
खेती मेरा पेशा है।

आओ चलें अपने गाँव

आओ चलें अपने गाँव, आओ चलें अपने गाँव।
जहां मूर्गों के बांग से खुलती थी नींद।
जहां पंछियों के कलरव से होता सबेरा था।
जहां पेड़ों के टहनी के होते दातून थे।
जहां मूंह हाथ धोने को कुएं का पानी था।
जहां पेड़ो के छांव में मिलता सकून था।
जहां खर पतवार के होते मकान थे।
जो बारिश से बचने के लिए वाटर प्रूफ थे।
जहां सोने को चारपाई, खाट हुआ करते थे।
जहां खाने में मिलता दूध, दही, छाछ था।
जहां पगडंडियां टेढ़ी मेढ़ी हुआ करती थी।
पर लोगों के चाल जहां सीधा हुआ करते थे।
जहां पढें लिखे लोगों के तादाद कम थे।
पर अनुभवों से उनकी तिजोरी भरी थी।
जहां खुले आकाश में स्कूल चला करता था।
जहां बोरी चटाई पे पढ़ाई हुआ करता था।
जहां लिखने को स्लेट और चाक हुआ करता था।
जहां मास्टर जी की जगह गुरुजी हुआ करते थे।
जहां दूर आने जाने को बैलगाड़ी हुआ करती थी।
जहां वर्षा के दिनों में मेंढ़क टर्राते थे।
जहां हुवां हुवां करके सियार चिल्लाते थे।
जहां आपस में भाईचारा आम हुआ करता था।
जहां बड़ों का आदर सम्मान हुआ करता था।
चलो आओ चलें अपने गाँव, जहां सकून हुआ करता था।

बदलता गाँव

बाबू जी का खत आया
आ जाओ गाँव
अब तो यहां भी बिजली
रहती सुबहो शाम है
कच्ची सड़कें सब पक्की हो गई हैं।
समय से स्कूल अब चलने लगे हैं।
सरकारी स्कूलों के साथ ही
मोंटेसरी भी खुलने लगे हैं।
खुल गया अपने भी गाँव में कालेज है।
टंकी वाला पानी भी
अब आने लगा है।
बस की आवाजाही पूरे दिन है अब रहती।
हल बैल की जगह
ट्रैक्टर ने ले लिया।
खेतों की सिंचाई
अब कुएँ से ना हो रही।
हर जगह खेतों में अब तो पंपिंग सेट है।
कच्चे मकान अब गाँव में
कहीं कहीं दिख रहे।
सब्जी अनाज अब
द्वार पर ही बिक रहे।
वोट यहां भी अब
बैलेट पेपर पर ना हो रहा
ई वी एम से वोट यहां भी अब चालू है।

मेरे गाँव का मेला

आया था गाँव के मेले में अपने बाबूजी के साथ।
ढोंड़ स्थान मन्दिर में शिव जी को जल चढ़ाया था।
मेले में कहीं पे जलेबी तो कहीं लडडू बिक रहे थे।
कहीं खिलौना तो कहीं किताबें बिक रही थी।
मदारी बन्दर नचा रहा था, जादूगर जादू दिखा रहा था
मौत के कुंएँ का खेल सबके लिए कैतुहल बन गया था।
कुछ दूर पर दिख गया बाइस्कोप वाला
दस पैसे में देखो ताजमहल आगरे वाला
इंडिया गेट, कुतुबमीनार, चारमीनार
के साथ लालकिला का भी दर्शन कराऊंगा
आओ आओ बच्चों बहुत कुछ दिखाऊंगा।
कठपुतली के खेल का अजब नजारा था
उंगलियों के इशारे पे नाच रहा सारा था।
एक था मेले में बड़ा सा झूला
जिसे लोग कह रहे थे उड़नखटोला
उसका अपना अलग ही अंदाज था
पर सूर्यास्त हो चला था और बाबू जी ने कहा
चलो कल फिर आयेंगे .....

किसान की जिन्दगी

सूरज के उगने से
पहले जाग जाना।
नित्य क्रिया से निवृत हो
मवेशियों को चारा खिलाना।
खेतों में जाने से पहले
गाय भैसों का दूध निकल जाना।
खुद तैयार हो हल बैल
के साथ खेतों में जाना।
घर आते ही लोटा बाल्टी उठा
कुंएँ पर पहुंच जाना।
फिर भोजन करना
जब भी घर के आंगन में
अपना पैर बढ़ाना
उससे पहले जोर जोर से खांस कर
अपने आगमन की सूचना
बहू बेटियों को बताना।
सप्ताह में एक दो दिन ही
गाँव के बाजार जाना।
दो तीन महीने में एक बार
अपने रिश्तेदारी में जाना।
उनके सुख दुख में शामिल हो
रिश्तेदारी पूरी तरह निभाना।
सुबह शाम खेतों का चक्कर लगाना।
खेतों में हरियाली देख हर्षाना।

गाँव की शादी

गाँव की शादी अक्सर गर्मी में होती।
खेत खलिहान जब साफ हुआ करते।
बाग बगीचे में बारात टिका करती।
दरवाजे पर ही बारात लगा करती।
फिर बाराती जनवासे जाया करते।
हर एक रश्म पर गीत गाया जाता।
खाने का निमंत्रण जनवासे भेजा जाता।
खाना बनाने को गाँव का सामूहिक बर्तन।
खाना परोसने को गाँव घर के लोग।
खाने के बर्तन में पत्तल का प्लेट।
बाराती से पहले कभी घराती न खाते।
बाजे के साथ दूल्हे का शादी पर आना।
शादी के बाद जनवासे चला जाना।
सुबह सुबह जनवासे में चाय भेजना।
दिन के खाने का फिर निमंत्रण भेजना।
नाश्ते के बाद दूल्हे को आंगन बुलाना।
घर और गाँव की बहू बेटियों का
दूल्हे से परिचय और हंसी ठिठोली होना।
खुशी में दूल्हे को ढेर सारे उपहार देना।
बारातियों को दिन के भोजन पे बुलाना।
फिर माथ ढकाई का रस्म पूरा करना।
दूल्हे के पिता से माड़ों का बन्धन खुलवाना।
इस अवसर पर समधी को गाली सुनाना।
आखिर में बेटी विदाई का रश्म निभाना।

यादें गाँव के खेल की

आंख मिचौली रस्सा कस्सी
चोर सिपाही पिट्ठू गरम
जैसे बचपन के खेल थे।
यादें गावों के खेलों का
अब भी आया करता है
और दिल भी मचला करता है।
छुपन छुपाई कनचा /गोली
ये भी खेल अनमोल थे।
गिल्ली डंडा का क्या कहना
दिल के बहुत करीब था।
ऊंची और लंम्बी कूद भी
खूब ही कूदा करते थे।
लंगड़ी टांग और खोखो
खेल भी खूब अजीब थे।
कबड्डी के खेल का
वार्षिक आयोजन होता था।
महीनों पहले से उसकी
तैयारी शुरू हो जाती थी।
जीत ने वाले टीम को
पुरस्कृत किया जाता था।
यादें गाँव के खेलों का
अब भी जब आया करता है।
लाख करूं दिल ना मचले
पर वो तो मचला करता है।

भूली बिसरी यादें अपने गाँव की

मुझे मेरा गाँव बहुत याद आता है
गाँव के मिट्टी की खुशबू याद आती है
आम का मोजर और टिकोढ़ा याद आता है
धान की बाली और सरसों का फूल याद आता है
मुझे मेरा गाँव बहुत याद आता है।
बोरा और चट्टी लेकर स्कूल जाना याद आता है
कंडा का कलम और स्याही का दावात याद आता है
गणेश चतुर्थी को चक चन्दा मनाना याद आता है
इस दिन गुरु जी का शिष्यों के घर आना याद आता है
शनिवार को स्लेट के पूजा में चावल चढाना याद आता है
मुझे मेरा गाँव बहुत याद आता है।
साइकल से ढोकर खाद बीज लाना याद आता है
राहंट चला कर खेत की सिंचाई करना याद आता है
थ्रेसर मशीन से गेहूं का दवनी करना याद आता है
दूर दराज खेतों में काम कर रहे लोगों के लिए
एक हांथ में खाना दूसरे में पानी लेकर खेत में जाना याद आता है
मुझे मेरा गाँव बहुत याद आता है।
घर के महिलाओं का जांत चला गेहूं पीसना याद आता है
ओखल और मूसल से धान छांटना याद आता है
मुझे मेरा गाँव बहुत याद आता है।
सर्दी के मौसम में बाबा का घुरा जलाना याद आता है
लोगों का रोज वहां बैठ आग तापना याद आता है
मुझे मेरा गाँव बहुत याद आता है।

गाँव को गाँव बनाये रखना

गाँव को गाँव बनाए रखना
नीम पीपल बरगद के छांव रखना
आम जामुन लीची अमरूद के पेड़
दरवाजे पर लगाए रखना।
भले ही खेती ट्रैक्टर से करना
पर एक जोड़ी बैल दरवाजे रखना
सिंचाई भले ही पंपिंग सेट से करना
पर दरवाजे हैंड पम्प रखना।
पक्का मकान बनाना जरूर
पर उसमे आँगन दलान रखना
खेती करना सो करना पर
घर के हाते में कुछ सब्जी
और साग उगाये रखना।
घर में पंखा लगाना गर्मी भगाने को
पर एक दो बेना रखना
बिजली के ना रहने पर
हाथ से डोलाने को।
सर्दी में हीटर और ब्लोवर जलाना
पर घर में माटी की बोरसी रखना।
गाँव को गाँव बनाए रखना।
नए नए त्यौहार मन ने लगें है
उनको मनाने में अपने तीज त्यौहार
जो सदियों से मन रहे उन्हें न भूल जाना।
गाँव को गाँव बनाए रखना।

लक्ष्मण सिंह त्यागी 'रीतेश'

व्यक्तिगत परिचय

जन्म तिथि	:	25 अगस्त 1986
जन्म स्थान	:	बदरिका धौलपुर राजस्थान
पिता	:	श्री रमेश चंद त्यागी (श्री दीनानाथ जी)
माता	:	श्रीमती इन्द्रा त्यागी
शिक्षा	:	एम ए (हिंदी), एम एड
प्रकाशित कृतियाँ	:	सिसकती रातें, जिंदगी के मायने, आल्हाद, दो अक्टूबर, जन्मदात्री माँ, स्वदेश प्रेम, अनामिका, अनुभूति, आईने में तुम, पलाश
संपादन	:	पंचरतन, कहानियाँ, इन्द्रधनुष, जिद जीत की, दो टूक जिंदगी, उत्तर आधुनिक काव्य, उड़ान (साझा विविधा संग्रह)
संपादक	:	उडान (छमाही साहित्यिक पत्रिका)
लेखन विधा	:	कविता, लघुकथा, कहानी, आलेख, निबंध, पत्र साहित्य आदि प्रमुख विधाओं में लेखन।
रचना क्रम	:	विभिन्न राष्ट्रीय पत्रिकाओं में लगभग पचास रचनाएँ प्रकाशित एवं द साहित्य (साहित्यिक पोर्टल) पर नियमित रचनाएँ प्रकाशित।
गतिविधियां	:	लेखन एवं कवि गोष्ठियों में काव्य पाठ
संप्रति	:	अध्यापन (शास हाई स्कूल धरसोला मुरैना म प्र) एवं स्वतंत्र लेखन
ईमेल	:	lstyagi53@gmail.com
दूरभाष	:	7746842196, 9340757062

ऐसा गांव है मेरा

आसमान में
काले सफेद बादल
चारों तरफ है हलचल
बरसात की ऋतु में
किसान खुश है
यद्यपि उसके कच्चे घर में
पानी घुसा आ रहा है
परंतु अगली फसल
इसी बरसात पर है निर्भर
गली मौहल्ले में
बच्चों की टोली निकल पड़ी है
अधनंगे बदन में
पानी में नहाने के लिए
चूल्हा गीला हो गया
चार ईंट रखकर तिवारे में ही
बन रही है बाजरे की महेरी
जिसे अचार की मिर्च के साथ
पी रहे हैं सभी खुश होकर
ताल लबालब हो गया है गहरा
ऐसा गांव है मेरा।

शरद आ गया

हुआ कीचड मुक्त गाँव
आसमान साफ है
सूरज को जगह मिली
धरती के दीदार हेतु
धूप में चमक बढी
कांस फूलने लगा
सफेद झाग सा
पत्ते जो थे जमे हुए
जानकर सही समय
अपनी जगह छोड़ने लगे
नव पल्लवों को मौका
देने का विधान
खूब है निराला
दिन की अल्प उमस
मिटा रही रात है
वाह क्या बात है
मुद्दत के बाद
दिखा है नया सवेरा
ऐसा गांव है मेरा।

हेमंत ऋतु में

मन बाबरा
मदमस्त सा होने लगा
माटी के दीपकों
का उजाला होने लगा
कुछ गुनगुनी सी ठण्ड
ले गाँव को आगोश में
जी भर के सब खा रहे
है नहीं कोई होश में
सरसों आलू गेंहू
सब हो चले गर्भाधान में
ऊनी कपड़े निकले बाहर
तन की रक्षा करने को
मौसम भी मनभावन आया
तन की पीड़ा हरने को
हो रहा है आगमन
मीठी मीठी सर्दी का
महत्व समझ आने लगा है
शरीर पर अब वर्दी का
कोहरा ने आज पहली
दफा गाँव को घेरा
ऐसा गांव है मेरा।

ठण्डियों की रात

के पश्चात जब
उगता है सूरज
गीली गीली सी
हो जाती है माटी
खेतों की
मेढ़ पर फैली हुई
घास भी
नहाई सी लगने
लगती है
पांव भींग जाते हैं
इस पर चलने से
इसे सुखाने का
जिम्मा सूरज का है
गरीबों की झोंपड़ी में
भी पहुंचाता है ताप
बिना किसी भेदभाव के
अपनी किरणों के साथ
कर देता है सवेरा
ऐसा गांव है मेरा।

हर्षित मन है

हर्षित तन है
चहुंओर है फैल
चुका जो बसंत है
सरसों ओढे आज
पीताम्बर
स्वच्छ धरा है
स्वच्छ है अम्बर
भाँति भाँति के
फूल खिल रहे
दुश्मन देखो
गले मिल रहे
पशु पक्षी और मनुज
सबके सब हैं कामातुर
ना गर्मी है ना सर्दी है
ना बरसात का साया है
सबका चहेता प्यारा सा
बसंत का मौसम आया है
भेद मिट गया बस्ती में
ना तेरा है ना मेरा
ऐसा गांव है मेरा।

गर्मियों के दिन

बहुत ज्यादा गर्म
पशु पक्षी प्राणी
सब हांफ रहे हैं
इस त्रस्त वातावरण में
कूलर पंखा ए सी
सब असफल हो गए
और गांव में तो हैं ही नहीं
किसानों के मित्र
वृक्ष
संभालते हैं मोर्चा
देते हैं शीतलता
दादा नाती
बैठे हैं एक ही
खाट पर पेड के नीचे
रात में भी गर्मी
चरम पर होती है
तो खुला आसमान
देता है आश्रय
चांदनी देती है
शीतलता का पहरा
ऐसा गांव है मेरा।

होली दीवाली सावन

सबके लिए
अलग अलग लोकगीत
हमेशा खुशियाँ
बांटता गाँव
सुख हो या दुख
किसी एक का नहीं
सबका बराबर
रिश्ते भी ऐसे कि
एक का जीजा या साला नहीं
वरन् संपूर्ण गाँव से
वही रिश्ता
अकेलापन
कभी नहीं रहा
मेरे गाँव में
दिन रात एक करके
दो जून की रोटी
कमाने वाले ग्रामवासी
दिल से अमीर
ना जाने कितने
भिखारी पल रहे हैं
इन्हीं सच्चे किसानों के भरोसे
सीधे सादे ना तीन ना तेरह
ऐसा गांव है मेरा।

सात जाति दो धर्मों से

मिलकर बना है मेरा गाँव
ना लड़ाई ना झगडा
सब को अपना काम पता है
जिसे वो करते हैं
पूर्ण मनोयोग से
कोई शिकायत नहीं रही
कच्चे पक्के मकान
झोंपड़ी का अलग वैभव
संकरी सी गलियां
छोटे बड़े मौहल्ले
ये सब मिलकर ही तो
बनाते हैं मेरा गाँव
पूरे दिन काम करने के बाद
ठण्डियों में
अघाने पर
बड़ी बड़ी कहानियाँ सुनाते हैं लोग
जैसे उनके पास समय की कमी ही नहीं
सब संस्कारों का खजाना गाँव ही तो है
पेड नदी कुआ
सब देवता हैं मेरे गाँव में
मिलजुल कर होता रहा बसेरा
ऐसा गांव है मेरा।

सब ठीक चल रहा था

फिर विकास और शिक्षा
दो मेहमान आये गाँव में
दोनों ने मिलकर
गाँव को बदलकर रख दिया
गाँव को झूठ, फरेब,
बेईमानी और झगड़ सिखाया
टीवी ने लोगों को मकान में कैद कर दिया
और मोबाइल ने कमरों में कैद कर दिया
रिश्ते मर्यादा टूटने लगीं
गाँव को शहर बनाने वाले ही
गाँव के दुश्मन निकले
होली दीवाली सब
सूने त्यौहार हो गए
अल्प मात्रा में शेष हैं
संस्कार
ना भाई मुझे शहर नहीं
वही पुराना गाँव चाहिए
शहर की चकाचौंध नहीं
गाँव की शांति चाहिए
गाँव को गाँव बनाने की क्रांति चाहिए
जिसने आज तक प्यार ही उंडेरा
ऐसा गांव है मेरा।

माधुरी शर्मा

व्यक्तिगत परिचय

सम्प्रति : हिंदी सेवी एवं हिंदी प्रचारक, कवयित्री, शिक्षिका, लेखिका l ady Irwin Schoo l Schoo l PGT Hindi

शिक्षा : स्नातक हिंदी विशेष दिल्ली विश्वविद्यालय, स्नातकोत्तर हिंदी .. दिल्ली विश्वविद्यालय, B.Ed दिल्ली विश्वविद्यालय

प्रकाशन : स्वतंत्र लेखन कविता लेख पत्रिका में प्रकाशित स्वदेश साझा संग्रह में कविताएं प्रकाशाधीन साप्ताहिक ई पत्रिका पत्रिका में लेख प्रकाशित

सम्मान : 1. राष्ट्रीय साहित्य शक्ति सम्मान 2020
2. हिंदी देश परिवार सम्मान
3. कलमकार सम्मान 2020
4. साहित्य श्री सम्मान
5. अब्दुल कलाम साहित्य सेवा सम्मान
6. महात्मा गांधी अंतरराष्ट्रीय गौरव सम्मान
7. गांधी व शास्त्री जयंती पर सामाजिक परिवेश हिंदी पत्रिका हरियाणा अध्याय ऑनलाइन कवि सम्मेलन सम्मान पत्र
8. साहित्य एवं भाषा अध्ययन शाला में सहभागिता पत्र
9. सामाजिक परिवेश पंजाब अध्याय द्वारा ऑनलाइन कवि सम्मेलन सम्मान पत्र

हरा-भरा गांव

हरा भरा गांव और नन्हे नन्हे पांव
पावन सी सुबह और उसमें डूबा गांव..
सादगी का फैलाव और एक अकेली नाव
पत्ते पत्ते पर लिखी, संस्कारों की कहानी
बच्चे बच्चे की चपलता में हर पल की निशानी..
जहां हर युवा में आगे बढ़ने की रवानी
जहां गूंजती है कोयल की बोली और कौवे की कावं..
वही है शहर से दूर, मेरा बसेरा मेरा गांव
जहां जाने का रहता है हर शख्स को चाव..
गांव की गलियां गिलहरी की चिहुंक..
नीम की निंबोली, बेरी के दाने..
रास्ते की पगडंडी मेहनतियों के गाने..
जब मिलते हैं, वह लोग जाने अनजाने
जहां पिता नाम से होती है पहचान मेरी
या मां का नाम है प्रेम बंधन की डोरी ..
याद आती है याद बचपन में आम अमरूद की चोरी
पीपल की पूजा बरगद की परिक्रमा
नहा धोकर स्त्रियां जहां करती यह सब धर्मा ..
नंगे पैरों से जहां आंगन होते धन्य
हरियाली से सजे गांव लगते बड़े ही रम्य..

गांव और मैं

कच्ची मिट्टी ...सोंधी सोंधी
कच्चा चूल्हा ..धौली राख..
छत की मुंडेर कबूतर और कौवा का डेरा..
सुबह की मक्खन रोटी ...मट्ठे का गिलास..
कुल्हड़ की चाय.. घर की मठरी..
ईख की ओस..रास्ता है कोस..
लिपा हुआ चौका.. बरामदे की रौनक..
सदाबहार के फूल ..बताशे और मिश्री की मिठास
गुड़ का स्वाद.. साग की रंगत
बच्चों की टोली ..बड़ों की पंगत..
पेड़ों की छांव... प्रधान की पंचायत
लड़कों का हुल्लड़ ..लड़कियों की ठिठोली
इस तरह गांव बना लेता है सबको हमजोली।।

गांव की मिट्टी

गांव की मिट्टी
गांव का किसान
देश का आधार
देश का अभिमान है, अन्नदाता
मेहनत ही उसका ईमान
मिट्टी उसका जीवन,
उसका स्वाभिमान
मिट्टी ही उसका धैर्य
उसकी सशक्त मुस्कान
मिट्टी से उसका नाता
वह मिट्टी से प्यार निभाता
मिट्टी ही उसकी हिम्मत
मिट्टी ही उसकी आस
वह रहता मिट्टी के पास
उसे भाता, न अन्य प्रवास
मिट्टी उसकी साथी
मिट्टी उसका मीत
मिट्टी से जिंदा संस्कार है,
उसकी मिट्टी से शाश्वत
उसके रिवाज
मिट्टी ही संगीत है
उसकी, मिट्टी ही उसका साज
मिट्टी ही मर्यादा है
यह उसका अखंड विश्वास
मिट्टी सर्वस्व है उसका
है उसका अखंड विश्वास

गांव का सुकून और एकांत

चलते चलते सुस्त कदमों से
पहुंच जाता हूं गांव में..
खो जाती है सारी चिंताएं
जैसे चिड़ियों के कलरव में ..
चूसता हूं ढेर सारे गन्ने,
झूमता हूं दिन भर और खो जाता हूं चाव में..
ठहरा हुआ पानी गुजरती हुई रेल..
चुपचाप पड़े पत्थर जैसे तकते हैं,
किसी आगंतुक की राह ...
कुहासे की सुबह ओस भरी पगडंडी..
चलता है, बूढ़ा बाबा लेकर एक पुरानी डंडी ...
दिखते हैं कुछ बच्चे..
खाते इमली अमरूद और आम..
मन की शांति और दिल का चैन..
गुजरती है जिंदगी सुकून से ..चाहे दिन हो या रैन..
ठहर जाती है जहां बेचैनी और भागदौड़..
बन जाती है वही मेरी मंजिल और मेरा गांव

गांव की औरतें..

पनघट से पानी भरकर घर को लाती हैं
संवेदना और उलझनों में भी मुस्काती हैं
इस तरह गांव की औरतें अपना घर सजाती हैं ..
मिर्च की चटनी, बाजरे की रोटी,
मुरमुरे और इलायची दाना, आम की लौंजी..
कोल्हू का गरम गुड़
इसी तरह औरतें रोज चूल्हे पर चढ़ाती हैं, ...
कुछ इस तरह गांव की औरतें अपना घर सजाती हैं..
हाथ से बुनकर स्वेटर ..तारों पर सूखती चुन्नियां ..
पेड़ों पर उछलते बंदर और मुंडेरों पर दौड़ती गिलहरियां ..
सुबह की पहली रोटी ..गाय को खिलाती हैं
गांव की औरतें कुछ इस तरह अपना घर सजाती हैं ..
मंदिर की सीढ़ी शंख और घंटी..
आस्था व श्रद्धा और थोड़ा सा अंधविश्वास...
संस्कारों और संस्कृति को कुछ इस तरह संभालती हैं
गांव की औरतें कुछ इस प्रकार अपना घर सजाती हैं..
थोड़ी सी सिलाई, थोड़ी सी पढ़ाई
बच्चों को खिलाती हैं दूध और मलाई
थोड़ा-थोड़ा बचा कर उनकी थोड़ी सी कमाई..
फिर भी उसने अपनी कोई वेदना किसी को न सुनाई...
पति के ढलते कंधे वह अपनी हिम्मत से उठाती हैं ...
गांव की औरतें कुछ इस प्रकार अपना घर सजाती हैं ...
व्रत नियम धर्म से वह ईश्वर चौखट को निखारती हैं
धूप और मिट्टी में झुलस उलझ कर अपना रूप निखारती हैं ..
गांव की औरतें कुछ इस प्रकार अपना घर चलाती हैं.....

गांव और शहर

अगर और मगर
जैसे गांव और शहर..
प्रकृति का रूप है प्रखर
इस पर रहती शहरों की नजर ..
हरियाली का प्यारा प्यारा मंजर
गांव की गोधूलि वाली वो डगर ..
जहां रहते सब खुश और दिल में रखते हैं सबर
गांव की डगर थोड़ी टेढ़ी है मगर
पेड़ों की छांव जैसे दिल में जाती है उतर
चौपालों पर बैठ बढ़ जाती है उमर
हंसी और ठिठोली का होता दवाई–सा असर
पर शहरों में फैला बीमारी का कहर
प्रदूषण, जनसंख्या, मक्कारी फैली हुई है उधर..
शांति, सुकून, सादगी, ठहराव बना रहता है, इधर..
मां, दादी, नानी, भाभी, मामी घर में रहती हैं दिन भर
खुले गगन में जैसे पंछी रहते हैं निडर..
ये अगर और मगर ...
चाहे गांव या शहर..
सभ्य मानव है अगर
चाहिए हर पल एक सबर ..
क्योंकि कृपा प्रकृति की हो अगर..
तभी मानव संसार होगा यह अमर .....।।

शाम और गांव

सुरमई शाम
हर गांव के नाम ..
शामई किरणें, पत्तों से छनकर..
ठहरे तलैया के पानी को तांबई बनाती हैं
आंगन से दीवारों पर चढ़ती धूप ..
हाथों में समाती हैं ..
इस तरह गांव की शाम अपना नया रंग दिखाती है...
बैलों के गलों की घंटियां.. रास्तों की गोधूलि बेलाएं..
एक ठहराव की संवेदनाएं दे जाती हैं ...
इस तरह गांव की शान चारों ओर गिर जाती हैं..
गुलाबी धूप के साए में-
आंगन स्वर्णिम हो जाते हैं..
धूल में सने बच्चे इस तरह..
वापस घर में आते हैं ..
इस तरह शाम एक पारिवारिक मिलन लेकर घर में आती हैं ..
बेचैन परिंदों को घर की याद बुलाती हैं..
बछड़ों को मां-गाय प्यार से सहलाती हैं..
चूल्हों.में अन्नपूर्णा मां आंच जलाती है ..
ममता, प्रेम, सद्भाव से सब का भोग लगाती हैं..
इस तरह श्याम पूर्ण हो शुभ रात्रि में ढल जाती है ...

मनोज कुमार कपरदार

व्यक्तिगत परिचय

बोकारो जिले के बगदा गांव में पिता शिवनारायण कपरदार और माता मोती देवी के घर जन्मे मनोज कुमार कपरदार रांची में रहकर पिछले दो दशक से अंशकालिक और पूर्णकालिक तौर पर पत्रकारिता से जुड़े हुए हैं। सैकड़ों लेख रचनाएं क्षेत्रीय एवं राष्ट्रीय स्तर की पत्र पत्रिकाओं में प्रकाशित एवं आकाशवाणी से प्रसारित। प्रभात खबर, वनांचल प्रहरी, घर सहित कई पत्र- पत्रिकाओं में व्यंग्य चित्र प्रकाशित । कई चित्रकला प्रतियोगिताओं में.पुरस्कृत। इनकी एक पुस्तक झारखंड दर्पण भी प्रकाशित हो चुकी है। साझा काव्य संग्रह साहित्य उदय, एकाक्ष और मेरे पिता में सहभागिता। इन्हें पुलिस पब्लिक हेल्पलाइन राष्ट्रीय सम्मान, झारखंड सेवा रत्न सम्मान, साहित्य शिखर सम्मान और काव्य शिरोमणि सम्मान भी मिल चुका है। ये साहित्य सुमन मंच से भी जुड़े हुए हैं। बुलंद झारखंड (मासिक), पब्लिक विजन (मासिक), सोशल मीडिया (मासिक), न्यूज स्केल (साप्ताहिक), एक संदेश (दैनिक) सहित कई पत्र- पत्रिकाओं एवं पुस्तकों का संपादन। संप्रति : उप संपादक, रांची एक्सप्रेस (हिंदी दैनिक)।

निवास : रांची (झारखंड)

ई-मेल : manojkapardarjh@gmail.com

पलकों में बसा मेरा गांव बगदा

(आलेख)

जब एक खास मिट्टी, एक खास हवा, एक खास महक मिलती है तब धरती गढ़ती है अपना चेहरा और खुद-ब-खुद गढ़ते जाते हैं गांव। गांव यानि... शाम के धुंधलके में अपने पीछे धूल-मिट्टी का गुबार छोड़ता पशुओं का झुंड। गांव यानि ....सिर पर घास का गट्ठर रखे किसान के घर की तरफ बढ़ते पांव। गांव यानि ....सूर्योदय से पहले घर से उठते धुएं, जहां गली में किलकारियां मारते हैं बच्चे और हुक्का गुड़गुड़ाते हैं बुजुर्ग। तकरीबन 17वीं सदी में ओलिवर गोल्डस्मिथ ने अपनी कविता 'द डेजर्टेड विलेज' में लिखा था-

'अक्सर मैं तेरे नर्म हरे आंगन में यूं ही बेखयाल सा टहला करता था,
उसी आंगन में जहां से हर नजारा मासूम सी खुशी में डूबा दिखाई देता
और अक्सर ही मैं तेरे हर जादुई अंदाज पर ठिठक सा जाता था,
वो झोपड़े में पड़ी खाट, वो दूर तक लहलहाते खेत.... वो तेरे अंदाज, तेरी याद'....

कहते हैं, यहां जिस भारतीय गांव का जिक्र उन्होंने किया है, वह अज्ञात है, पर इस कविता से जो भाव निकलता है, वह आज भी उतना ही प्रासंगिक है, जितना तब रहा होगा। लेकिन आज समय बदला है। समय के साथ जीने के तरीकों में भी बदलाव आया है। बदलाव की इस बयार से रिश्ते भी अछूते नहीं रह पाते। शहरी जीवन की कृत्रिमता ने व्यक्ति को जटिल बना दिया है। बनावटी आचरण और बातों से निकट होकर भी मन से कोसों दूर- ईर्ष्या, द्वेष, प्रतियोगिता, धन की अतृप्त लालसा और हर कीमत पर सफलता की इच्छा से व्यक्ति को शहर की भीड़ ने भी अजनबी बना दिया है। लेकिन शहर के धन, प्रसिद्धि और भौतिक वैभव भी व्यक्ति को उतनी सुरक्षा नहीं दे पाते, जितनी गांव की भूमि से भावात्मक रूप से जुड़ने में मिलती है। भले ही गांव आज धीरे-धीरे अपनी वह पहचान खोता जा रहा है, फिर भी समय की शिला पर आज भी गांवों में बहुत कुछ जीवंत है।

भले ही आज वे शहर से नजदीकी बढ़ाने को आतुर हैं, लेकिन आज भी नहीं कम हो पाया है लोगों का गांवों के प्रति लगाव। पर क्या केवल खेत-खलिहान, भागते-दौड़ते अधनंगे अल्हड़ बच्चे, झूलती हुई बिजली की तारें.... यही है गांवों की पहचान! आज भी जब कभी मैं अपने गांव

की ओर जाता हूं तो हरी हरी दूब पर ओस की बूंदें हौले से गुदगुदाती हैं तो कभी चौंक जाने पर मजबूर कर देती हैं और कभी-कभी गर्व करने के लिए प्रेरित भी करती हैं। तभी तो पलकों में बसा है मेरा गांव, मेरी जन्मभूमि।

यह वही भूमि है, जहां 1932 में कविरत्न शिवनारायण कपरदार की कलम से फूट पड़े थे स्वतंत्रता के गीत। यह वही भूमि है, जहां आज भी खिलते हैं सेमल के फूल। सेमल यानि जिससे नारद ने कहा था- मैं तुम्हें जानता हूं कि ब्रह्मा ने सृष्टि निर्माण के समय तुम्हारे नीचे विश्राम किया था। आज भी कदंब के सुगंधित और सुंदर फूल प्रकृति के सौंदर्य में चार चांद लगा रहे हैं। आज भी यहां स्नेह समर्पित करते हैं देवतुल्य पीपल के वृक्ष।

यहां तो सदियों से उपस्थित है सटिसियाई परिवार का बेल वृक्ष। जिस वृक्ष से भले ही छाया न मिले, परंतु बिल्व पत्र बिना देवताओं के देव महादेव की पूजा नहीं हो सकती। आज भी यहां रहती है फागुन की हवा और नवम्बर की दोपहर में गुलाब और बेले की महक। आज भी यहां फूट रही है महुए के फूल से मादकता। सावन के सुहावने माह में जब मैदानों पर बिछी होती है गुदगुदाने वाली हरी-हरी मखमली घास और आसमान में उमड़ते-घुमड़ते कजरारे बादलों की अनुपम छटा, तब यहां भी होता है मयूर का नृत्य। आज भी मेरे गांव की आबोहवा में घुली हुई है अपनेपन की मिठास। यहां कण-कण में है जादू-चमत्कार। मेरे गांव की बसावट में ही संरचना का सौंदर्य है, सुविधा है, स्वच्छता है। तभी तो चैत में फूलों से लदे नीम के पेड़ों और जेठ में गमकती अमराइयों से दूर होने की टीस मन में व्याप्त रहती है।

भले ही आज बगदा मेला की प्राचीन परंपराएं अपना स्वाभाविक स्वरूप, जीवन्तता और खुशबू खो चुकी हैं, लेकिन पूर्वोत्तर पीढ़ी से रची-बसी गांव के इस मेले की धड़कन आज भी गूंज रही है। यह तो बीते पल की बात है, जब यह मेला लोकपर्वों और सांस्कृतिक परंपराओं को मात देने में जुट जाती थी। मेला के समय गांव के हर घर में आतिथ्य सत्कार के भाव देखे जा सकते थे। दूर-दराज के अपने सगे-संबंधी, प्रियजन गांव में आ ही जाते थे। दिखने लगते थे ठेठ ग्रामीण परिवेश में अपनापन और सांस्कृतिक उतार-चढ़ाव। एक दौर वह भी था, जब यहां के साप्ताहिक हाट में दिखती थी इलाके के कारोबारियों की तादाद।

अब भी जब धान की बालियों से भीनी-भीनी गंध पसरने लगती है और हरियाली दूर-दूर तक छा जाती है तब प्रकृति के परम तत्त्व से साहचर्य स्थापित करते हुए करमा का नृत्य आज भी यहां जन-जन में उल्लास भरता है।

आज भले ही मेरे जैसे लोगों के लिए दो संस्कृतियों के बीच स्वयं के अस्तित्व को बरकरार

रखना कठिन होता है। मेरे जैसे लोगों के लिए एक संस्कृति के विरुद्ध संघर्ष है, जिससे न चाहते हुए भी जूझना पड़ता है। मेरे जैसे लोग न तो पूरी तरह ग्रामीण परिवेश में रह पा रहे हैं, न ही बदलते शहरी सामाजिक परिवेश में। यह समस्या अब गंभीर चुनौती बनती जा रही है। बार-बार मन-मस्तिष्क में ये बातें आती हैं कि कहां गये वे नखरे, कोमलता, भावुकता, फुरसत और बचपन के दिन! ढूंढ़ निकालिए उन्हें!

यूं तो बगदा का शाब्दिक अर्थ अस्पष्ट है, लेकिन क्या इस नाम के पीछे वाकई बुद्धिमत्ता विराजमान है? क्या इस नाम को जिस भाषा में रखा गया हो, वह सिर्फ एक नाम है? या इस नाम के पीछे कोई घटना, कहानी या राज छिपा है? हालांकि, कुछ पुराने लोगों का मानना है कि 'बागदह' से इस गांव का नाम बगदा पड़ा है। पहले इसे बागदह के नाम से ही जाना जाता था। कहा जाता है कि यहां एक ऐसी गुफा थी, जहां बाघ रहते थे। उसी से इस स्थल को बागदह कहा जाने लगा, जो बाद में बगदा हो गया।

हालांकि, पूरे बगदा गांव में कहीं भी इस तरह का दह या गुफा होने का कोई प्रमाण नहीं मिलता। वैसे भी दह का शाब्दिक अर्थ कुछ और है। लेकिन, बगदा के इलाके में प्राचीन समय में बाघ रहे होंगे, इससे इनकार भी नहीं किया जा सकता। कारण कि यह पूरा गांव घने जंगलों से घिरा हुआ था। वह भी इस कदर कि काफी दूर तक धूप की रोशनी तक नहीं पड़ती थी और लोग अपनी परछाईं तक नहीं देख पाते थे। इन घने जंगलों में कई तरह के जंगली जानवर विचरण करते थे। उनमें बाघों की संख्या भी अच्छी-खासी थी। बाघों के डर अथवा दहशत के मारे लोग इस ओर आने से घबराते थे। ऐसा माना जाता है कि बाघों की उसी दहशत के कारण इस क्षेत्र को बाघ-दह(शत) कहा जाता था, जो कालांतर में बाघ-दह से बगदा हो गया।

इस गांव में जंगलों की परिपूर्णता का अंदाजा कई बातों से भी मिलता है। एक समय था, जब यहां आम समेत अन्य पेड़ों के पांच बड़े-बड़े और घने बागान हुआ करते थे। बागानों से ही घिरा हुआ था यह गांव। यूं कहें, पूरा गांव घने जंगल के बीच ही बसा हुआ था। लेकिन अब समय के हाथों वह नष्ट हो गया।

यहां यह जानना भी रोचक होगा कि यह गांव आम एवं कटहल के लिए काफी प्रसिद्ध रहा है और इस कारण से बगदा को 'आम-कटहल का नैहर (मायका)' तक कहा जाता है। आज कितना कुछ बदला है लेकिन आम- कटहल का मायका कहे जाने वाले बगदा की इस भूमि की हरीतिमा वही रही। वही आह्लाद, वही आनंद, वही उत्सवधर्मिता, वही सहजता और वही सरलता। वही सांस्कृतिक भूमि। वही कला और साहित्य का गढ़। भजन कीर्त्तन में तब भी मशगूल रहते थे

लोग और आज भी रहते हैं। लेकिन आज की तरह भव्य नहीं, बल्कि सीमित और सात्त्विक।

पुरानी दीवारों की धूल को जरा हटा कर देखें तो पता चलता है कि गांव की समावेशी संस्कृति किसी का मोहताज नहीं रही है। अतीत की कितनी ही परतों को अपने भीतर समेटे सबको खींचता है यह छोटा सा गांव बगदा। 17 तालाबों को अपनी परिधि में समेटे इस गांव के कण-कण में अध्यात्म की धारा बहती हुई प्रतीत होती है। आज भी यहां जीवंत है संगीत, नृत्य, मूर्तिकला, काष्ठकला, साहित्य, संस्कृति और सौंदर्य। तभी तो इसका नाम सुनते ही मन भाव सुगापंखी हो उठते हैं।

जाति समुदायों के मामले में भी बगदा गांव ने मिसाल कायम की है। किसी समय इस गांव में 36 जाति के लोग निवास करते थे। आज भी करीब 28-30 जाति के लोग इस गांव में बसे हुए हैं, लेकिन कभी किसी प्रकार का विवाद अथवा उन्माद नहीं हुआ। सभी जाति-समुदाय के लोग यहां मिलजुल कर आपसी सद्भावना व भाईचारा के साथ रहते हैं एवं एक-दूसरे के सुख-दुख एवं जरूरतों में सहायक बनते रहे हैं। जब पूरे देश में सामाजिक समरसता और पारस्परिक विश्वास तार-तार हो रहा था, उस समय भी लोग यहां एक ही कुंए का पानी पीते थे। 1927 में डिस्ट्रिक्ट बोर्ड की ओर से बने कुएं में सामूहिक रूप से पानी भरते थे। आज भी यह गांव सामाजिक ताने-बाने के प्रबल समर्थन पर जीवन में शुचिता, पवित्रता एवं करुणा पर आधारित सामाजिक व्यवस्था अनुकृति है।

बोकारो जिला मुख्यालय से 40 किलोमीटर दूर बसा है मेरा गांव बगदा। यहां अवस्थित है एक प्राचीन शिवालय। बहुत कम लोगों को मालूम है कि यह प्राचीन शिव मंदिर बंगाल, राजपूत और मुगल तीनों शासनकाल की मिश्रित कला पर आधारित है। इस मंदिर की बनावट में स्थापत्य कला का अद्भुत नमूना है। 25 फीट ऊंचे इस शिवालय के निर्माण में चूना-सुरथी का उपयोग किया गया है। मंदिर को देखने से ही इसकी जीवटता स्पष्ट दिखाई देती है। इतना ही नही, मेरे गांव में एक और मंदिर है- ठाकुर बाड़ी। इसकी भी एक अलग गौरवमयी कथा है। बताया जाता है कि 120 वर्ष पूर्व बगदा के मुची महतो को दही की हांडी से दही निकालने के दौरान तीन गोलाकार काले चिकने पत्थर मिले, जिन्हें बेकार की वस्तु समझ कर उन्होंने घर के सामने बाहर फेंक दिया। दूसरे ही दिन पुन: उन्हें वे ही पत्थर दही की हांडी में मिले।

तब उनकी उत्सुकता बढ़ी। उन्होंने उन पत्थरों को कुल्हाड़ी से मार कर तोड़ना चाहा तो उनमें से दूध निकलने लगा। तब वे गंभीर मुद्रा में सोचने लगे। उस पत्थर पर महतो जी द्वारा किये गये प्रहार का दाग आज भी स्पष्ट रूप से दिखता है। उसी रात उन्हें स्वप्न में भगवान जगन्नाथ ने

बताया कि वे उनकी सेवा लेना चाहते हैं। सुबह होते ही उन्होंने अपने झोपड़ीनुमा खपरैल घर में इन तीनों पत्थरों को स्थापित कर पूजा-अर्चना शुरू कर दी। यह बात जंगल की आग की तरह चारों ओर फैल गयी। बात राज दरबार तक जा पहुंची।

तत्कालीन पद्मा के महाराज भगवान जगन्नाथ की पूजा-अर्चना की बात सुन कर इनके दर्शन के लिए गाजे-बाजे के साथ बगदा पहुंच गये। राजा के आने पर मुची महतो भाव विह्वल होकर राजा के सामने निवेदन करते हुए अपनी गरीबी के कारण भगवान की सेवा में असमर्थता जताते हुए भगवान जगन्नाथ स्वरूप तीनों पत्थर राजा को भेंट कर दिये। राजा भी उन्हें सहर्ष अपने राजमहल में रख कर सेवा करने को तैयार हो गये। लेकिन पद्मा राजा के राजमहल में जगन्नाथ स्वामी ने अपनी सेवा स्वीकार नहीं की। रात में उन्हें स्वप्न में उन तीनों पत्थरों को बगदा पहुंचाने को कहा। दूसरे ही दिन राजा ने तीनों पत्थरों को बगदा में ही स्थापित कर दिया। लेकिन मुची महतो ने फिर अपनी असमर्थता जतायी। राजा ने उसी समय ठाकुर बाड़ी के नाम से 12 एकड़ 58 डिसमिल जमीन भी दे दी और उसकी मालगुजारी भी माफ कर दी। इसका जिक्र आज भी मुची महतो के खतियान में दर्ज है।

प्रीति मिश्रा

व्यक्तिगत परिचय

पिता : श्री कन्हैयालाल तिवारी
माता : श्रीमती ऊषा तिवारी
पति : डा. मिथिलेश चन्द्र मिश्रा
जन्म तिथि : 01/07/1983
जन्म स्थान : गोरखपुर, उत्तर प्रदेश
शिक्षा : एम. ए., बी. एड.
सम्प्रति : शिक्षिका
सम्पर्क : बशारतपुर, गोरखपुर, उत्तर प्रदेश
सम्मान : वेदरत्न सम्मान, साहित्यिक सांस्कृतिक एव सामाजिक संस्था "संगम" द्वारा संगम सम्मान एवं प्रशस्तिपत्र, काव्य शिरोमणि सम्मान एवं नारी गौरव सम्मान।
प्रकाशित रचनाएँ : "सरयू के स्वर" काव्य संग्रह में सामूहिक काव्यप्रकाशन, "चेतना-स्रोत" छन्दबद्ध काव्यप्रधान त्रैमासिक पत्रिका व आध्यात्म योग मासिक पत्रिका में रचनाएँ व अन्य समाचार पत्र-पत्रिकाओं में निरन्तर गीत व गजलें प्रकाशित।
लेखन विधाएँ : गीत, गजल, स्वतंत्र एवं छंदबद्ध कविता लेखन, लेख एवं लघुकथा
ईमेल : mishrapriti072@gmai l .com

मेरा गाँव

याद बहुत आता है मुझको मेरा गाँव
वो पीपल का पेड़ पुराना उसकी ठंडी छाँव
उस पर झूले पड़ते थे
हम भी झूला करते थे
कुछ सखियाँ थीं, कुछ अपने थे
कुछ गीत सावन के होते थे
अब भी नहीं बिसरते हैं उनके सुन्दर भाव
याद बहुत आता है मुझको मेरा गाँव
पगडंडियों पर साथ में चलना
कभी फिसलना कभी सम्भलना
छोटे-छोटे खेल निराले
बेफिक्र से हम मतवाले
कितना अच्छा लगता था वो घुमना नंगे पांव
याद बहुत आता है मुझको मेरा गाँव
कोयल के संग कूक लगाते
खट्टी कैरी तोड़ के खाते
उन पेड़ों की डाली में
खेतों की हरियाली में
छुट गया बचपन सारा पर भूला नही वो ठाँव
याद बहुत आता है मुझको मेरा गाँव

गाँव का बूढ़ा मकान

आज मुझसे कह रहा गाँव का बूढ़ा मकान।
कभी तो मुझसे मिलने आ जाया करो यहाँ।।

ये चरमराती खिड़कियां और वो दरवाजे।
जैसे तड़प कर दे रहे हों वो आवाजें।।

दीवारों की बढ़ती वो अनगिनत झुर्रियाँ।
बीते कल की जैसे लिख रही हों सुर्खियाँ।।

आँखों की नमी सा टपकता छत से पानी।
सुनाता है अपने निर्माण की वो कहानी।।

कहता है मुझसे देता आवाजें अक्सर।
खंडहर ना हो जाऊँ हो गया हूं जर्जर।।

कमरे के झरोखे पर चिड़ियों का घोंसला।
देखा मैंने चीटियों का गजब हौसला।।

अब यही बसेरा करते, रहता और न कोई।
यह बोल बिलखती घर की मेरे धरती रोई।।

एक-एक सब छोड़ गए कर गए वीरान।
आज मुझसे कह रहा गाँव का बूढ़ा मकान।।

निशानियाँ वो खो गईं

हाथों मे फोन समय सूचक घड़ियाँ वो खो गई
खुलती थीं जिनसे किताबें उंगलियाँ वो खो गई।

अब नहीं लिखते कलम कागजों पर पातियाँ,
करती थीं स्पर्श दिल को चिट्ठियां वो खो गईं।

'एक समय की बात है' कहते ही सो जाती थीं,
अधूरी सारी नानी की कहानियाँ वो खो गईं।

अब मोबाइल देखकर ही नींद आती बच्चों को,
मां के होंठों पर सजी सब लोरियाँ वो खो गईं।

बचपन की वो टोली, खोई वो आँख मिचोली,
क्यों पानी में नाव, आसमान में पतंग खो गई।

जो मिट्टी के घर में खो गए, मिट्टी के खिलौने,
ढूंढे कहाँ बचपन की निशानियाँ जो खो गईं।

सपनों का गाँव

(कहानी)

रितेश के पिता की नौकरी गाँव से बहुत दूर एक शहर में लगी और वह परिवार के साथ वहीं बस गए। रितेश भी वहीं पढ़ने बढ़ने लगा पर बचपन की बातों के साथ गाँव याद आ ही जाता था। धीर-धीरे साल गुजरते गए और वह दिन भी आया जब रितेश की शादी हो गई और वो भी पिता का पद प्राप्त कर लिया। रितेश के बढ़ते बच्चे ऋषि ने अपने पिता और दादा-दादी से गाँव के बारे में बहुत सी बातें और कहानियाँ सुनी पर कभी गाँव नहीं देखा, पर हाँ नन्हा मन कभी-कभी सपनों का गाँव घूम ही आता था। एक दिन गाँव देखने की चाहत से ऋषि ने जिद पकड़ ली तो रितेश को भी अपने बचपन की यादें गाँव खींच लाई। जाने कितने सालों बाद वह गाँव आया था, यहाँ कोई चेहरा उसके पहचान में नहीं आया और न ही गाँव के लोग उसे पहचान पाए। अपने पिता और दादा के नाम का परिचय देते हुए उसने अपने बारे में बताया और अपने वर्षों पुराने घर की ओर कदम बढ़ाया तो घर की हालत बुरी थी। हर तरफ मोटी धूल की परतें जमी थीं। पर नन्हा ऋषि दौड़ दौड़कर हर चीज को उत्साह से देखता और कई सवाल करता। आसपास के लोग और बच्चों ने घर की साफ-सफाई में हाथ बटाया और एक हद तक घर साफ हो गया। कुछ दिन सब बड़े मौज से रहे। खेतों में घूमना, गाय का दूध निकाल गिलास भर पीना, पेड़ों से फल तोड़कर खाना .... ऋषि के लिए तो सब नया नया था पर रितेश भी मानो फिर अपने उसी बचपन में लौट आया था। बच्चों के साथ वही पुराने खेल खेलना....न दफ्तर की चिंता न स्टेटस की.... शहरों की सड़कों की भीड़, गाड़ियों की आवाजों से दूर एक शुद्ध शांत वातावरण में...पेड़ों की घनीं छाँव में वह शीतल हवा जब तन मन को छुती हुई सांसो में उतर जाती तब लगता कि वह प्राकृतिक हवा ए.सी. और कूलर नहीं दे सकते।

अब गाँव भी शहरी संसाधनों से अछूता नहीं रह गया था। सिलबट्टे की जगह अब मिक्सर ने ले लिया था। खेतों में अब बैल नहीं जाते थे। अनाजों की कुटाई भी अब मशीनों से होती। पर रितेश के घर में आज भी वही सालों पुराने सामान रखे थे जो अब किताबों में कहीं किसी पेज पर दिख जाते और बताया जाता कि पहले इन चीजों से यह काम होते थे।

देखते हीं देखते वह दिन भी आ गया जब सारी छुट्टियां खत्म होने वाली थी और अब फिर उसी दिनचर्या में रितेश का दफ्तर और ऋषि का स्कूल आरंभ होने वाला था। ऋषि ने बड़ी उम्मीद से कहा- “पापा क्या हम गाँव को अपने साथ शहर नहीं ले जा सकते”।

रितेश ने कुछ नहीं कहा और सब सो गए।

दूसरे दिन वापस जो जाना था। दूसरे दिन सुबह रितेश ने बड़ी सी गाड़ी मंगाई और वह सारी पुरानी चीजें जो सिर्फ गाँव में ही देखने को मिलती है। जैसे- आटा पीसने की चक्की, ओखली, खेत जोतने का हल और अनाजों को साफ करने की पंखी, धान कूटने का ढाका और गन्ने का रस निकालने वाला कोल्हू ....

इन सब छोटी बड़ी चीजों को गाड़ी में रखकर वह अपने साथ शहर ले आया। शहर पहुंचते ही रितेश के पिताजी बिगड़े-यह सब यहाँ क्यों उठा लाए अब इसका क्या काम और इसे रखोगे कहाँ? तुमसे ऐसी मूर्खता की उम्मीद नहीं थी।

रितेश ने कहा –पापा! आप फिक्र ना करें मैंने जो अपने नए प्रोजेक्ट के लिए प्लाट खरीदा है वहाँ रखूंगा।

– तुम्हारे प्रोजेक्ट का क्या! शहर की जमीनें कितनी महंगी है तुम्हें पता नहीं और ठीक-ठाक जगह पर तो मिलना भी मुश्किल है।

रितेश ने कहा-पापा कुछ दिन रुक जाइए फिर आप जो कहेंगे वही होगा।

रितेश ने उस प्लाट पर एक छोटा सा गाँव बसाया। अपने बचपन और ऋषि के सपनों का गाँव। गाँवों मे दिखने वाली वो झोपड़ियां, मिट्टी के बने खपरैल का घर, उसमें बीछी चारपाई, बाँस के पंखे, ओखली, चाकी, सिलबट्टे और दिवारों पर गाँव में होने वाले सारी क्रिया-कलापों की तस्वीरें ....

थोड़ी सी जमीन को खेत का रूप देकर क्यारियाँ बना उसमें बैल और किसान की मूर्ति के साथ असली हल मानों सारा दृश्य गाँव की कहानियों की वास्तविकता प्रकट कर रहे हों। अब वह प्रोजेक्ट एक म्यूजियम था, जिसका नाम था "सपनों का गाँव" जिसे देखने दूर-दूर से लोग आते, शहर से भी और गाँव से भी जो अब एक पर्यटक स्थल बन चुका था।

(यह कहानी काल्पनिक है पर आने वाले समय में आधुनिकता की होड़ में हमारे गाँव की धरोहर म्यूजियम में ही नजर आएंगे और हमारे बच्चे किताबों कहानियों के बाद ऐसी ही किसी म्यूजियम में अपने सपनों का गाँव देखेंगे।)

राजेश कुमार गुप्त 'राज'

व्यक्तिगत परिचय

जन्मतिथि	:	15 दिसंबर, 1976
जन्म स्थान	:	अजयगढ़, जिला-पन्ना (म.प्र.)।
पिता	:	श्री रमेशचन्द्र गुप्त (सेवानिवृत्त प्रधानाध्यापक)।
माता	:	श्रीमती सुशीला देवी (सामान्य गृहिणी)।
पत्नी	:	श्रीमती संगीता गुप्ता (सामान्य गृहिणी)।
शिक्षा	:	एम.एस-सी.(गणित), एम.ए.(हिन्दी), एम.एड.।
कार्य	:	शासकीय आर.पी.उत्कृष्ट उ.मा.विद्यालय पन्ना (म.प्र.) में उच्च माध्यमिक शिक्षक के पद पर कार्यरत।
गतिविधियाँ	:	विद्यालयीन साहित्यिक-सांस्कृतिक पत्रिका हीरांचल (हीरकण) के संपादन में संलग्न। हिन्दी विषय के जिलास्तरीय मास्टर ट्रेनर। रचनात्मक साहित्य के अध्ययन, सृजन एवं समीक्षा में भी संलग्न।
लेखन विधा	:	कविता, निबंध, कहानी, उपन्यास, आत्मकथा, संस्मरण, पत्र साहित्य, डायरी लेखन, आलोचना, साहित्येतिहास, संपादन आदि अनेक विधाओं में कार्यरत।
प्रकाशित कृतियाँ	:	पंचरतन एवं जन्मदात्री माँ (विविधा संग्रह), इन्द्रधनुष (गद्य संग्रह), जिद जीत की (प्रेरक संग्रह), दो टूक जिंदगी एवं उत्तर-आधुनिक काव्य (काव्य संग्रह)।
संपादन	:	पंचरतन, इन्द्रधनुष एवं उत्तर-आधुनिक काव्य (प्रधान संपादक), हीरांचल एवं जन्मदात्री माँ (सह-संपादक)।
सम्पर्क	:	9424737590, 8770874677.
ई-मेल	:	rajesh1panna@gmail.com

रात्रिकालीन ग्राम यात्रा

रजतमय भूमि थी झिलमिलाता अंबर,
हर्षित मन से प्रविष्ट हुए ग्राम परिधि के अंदर।

वन व्यापित वीथिका थी ग्राम तक,
स्वतंत्र धूल के कण उड़ रहे मानो बेशक।

सरिता का वह कल-कल स्वर,
चेत रहा था सकल चराचर।

आगे खेतों का क्या कहना,
फसल खड़ी थी बन गाँव का गहना।

मंद-मंद महकी मरुत आती थी,
हिय-तरु को झुला जाती थी।

उत्तर दिशा में किया प्रस्थान,
एक पाठशाला मिली महान।

ग्राम शिक्षा की थी वह आधार,
पर शासन का था दारुण प्रहार।

दक्षिण में चमकता वह कंगूरा,
मंदिर जीर्ण-शीर्ण और अधूरा।

पर उसमें भी सच्ची आत्मा प्रमन करती थी।
जो ग्रामीणों में उमंग उत्पन्न करती थी।

पास वहीं पर एक सरोवर,
ग्राम का प्राचीन धरोहर।

ग्राम मध्य तरु विशाल के नीचे,
वह चौपाल बरबस ही खींचे।

कह रहा था पंचों के निर्णय की कहानी,
जो पृथक् करते थे दूध का दूध पानी का पानी।

ग्रामवासियों का था उस पर अटूट विश्वास,
हमें हुआ सच्ची लगन का आभास।

तभी ये क्या? पश्चिमी पर्वत पर!
सारा आकाश ग्रहण किए था रक्ताम्बर।

हमने देखा कि विलग हुई रजनी रवि से,
ज्यों अंत विवश होती है कविता कवि से।

सौरभ स्नेही

व्यक्तिगत परिचय

जन्म तिथि	: 22 दिसंबर, 1993
जन्म स्थान	: बनमनखी, पूर्णिया (बिहार)
पिता	: अरुण कुमार सिंह
माता	: ललिता देवी
शिक्षा	: एम.ए. (हिन्दी)
लेखन विधा	: कहानी, कविता, नाटक और उपन्यास
प्रकाशित कृतियाँ	: कंधे पर गंगा मैया (यात्रा वृतांत)
साझा संकलन	: प्रेरणा, हिन्द गाथा और पलाश
प्राप्त सम्मान	: प्रशस्ति पत्र
पता	: नगर पंचायत बनमनखी, वार्ड नं 03, जिला पूर्णिया (बिहार)
ईमेल	: mr.snehi22@gmail.com
दूरभाष	: 6299490015

शराबी को सबक

(कहानी)

शर्मा टोला के सभी युवक मजदूरी करते हैं। सुबह होते ही सभी घर से काम पर निकल जाते हैं और मंडी पहुंचकर दिन भर गाड़ी पर माल बोझते और उतारते हैं। सभी की अच्छी कमाई हो जाती है पर, बचत कुछ भी नहीं हो पाता। इन सब को शराब पीने की बुरी लत लगी है। आधे से अधिक कमाई का शराब ही पी जाते हैं। शाम को घर लौटते वक्त सभी युवक अक्सर शराब पीकर ही घर लौटते हैं। कुछ रास्ते में चलने वाले मुसाफिरों को बेवजह के गाली देते हैं, कुछ गांव की बहू बेटियों को देखकर सिटी बजाते हैं और कुछ फिल्मी गाने गाते हैं। जिससे रोज गांव में किसी ना किसी से झगड़ा लड़ाई और मार-पिट होती रहती है। रोज शाम को किच किच होना आम बात बन गया है।

गांव के सबसे नामी पियक्करों में एक दिलीप है। जिसकी हरकतों से बाज आ कर कुछ लोग इन्हें दिलफा कहते हैं। यह रोज शाम को दारू पीकर घर लौटता और अपनी पत्नी को पीटता है जिससे पूरे गांव के लोग जमा हो जाते हैं और आधी रात तक तमाशा चलता है।

हर रोज की तरह शाम को फिर से दारू पीकर घर लौटते ही अपनी पत्नी को गाली देना शुरू किया।

"हरामजादी खाना में क्या बनायी है जल्दी लाओ नहीं तो मार कर माथा फोड़ देंगे।" पत्नी उसे ज्यादा नशे की हालत में देखकर डराने को सोची।

शर्मा टोला के सामने सड़क के किनारे एक घना पीपल का पेड़ है। जिसका पत्ता हवा में सन-सन करता है। दिलीप लगातार पत्नी को अश्लील गाली दिए जा रहा था। पत्नी बोली

"ए जी रात को हल्ला मत कीजिए पीपल के पेड़ पर भूत प्रेत रहता है पकड़ लेगा।" इस बात पर दिलीप और भी चीढ़ गया और पत्नी से कहने लगा-

"हरामजादी! कहां है भूत अभी दिखाओ पीपल पेड़ पर, वह मोहल्ले से निकलकर पीपल पेड़ के पास चला गया और पीपल पेड़ की ओर उंगली से इशारा करते हुए जोर जोर से चिल्लाने लगा।

"कहां है भूत प्रेत डाकिनी, पीपल पेड़ से नीचे उतरो। आओ हम से लड़ो कितना दम है तुझ में। नीचे उतरो भूत प्रेत डाकिनी ...।" धीरे-धीरे पीपल पेड़ के नीचे पूरे गांव के लोग जमा हो गए। ... बहुत समझाने के बाद गांव के कुछ युवक उन्हें पकड़ कर घर ले गए, पर वह शांत नहीं हुआ। आंगन में फिर से अपनी पत्नी को गाली देने लगा।

उसकी पत्नी चूल्हा के पास बैठकर मछली बना रही थी। उसका छोटा बेटा विकास डर के मारे खाट के नीचे छिपा था। दिलीप का बड़ा भाई बद्रीनारायण और गांव के युवक पप्पू ने आपस में मिलकर योजना बनायी, आज दिलफा को सबक सिखा कर ही रहेंगे। बद्रीनारायण पुलिस बन गया और पप्पू चौकीदार। दोनों रात के अंधेरे में हाथ में डंडा लिए उसके घर की ओर बढ़ा, दिलीप की पत्नी दिलीप को मछली और चावल परोस कर खाने को दी थी। वह खाना छोड़ कर पत्नी को लगातार अश्लील गालियां दे रहा था। बद्रीनारायण और पप्पू दोनों दरवाजे पर पहुंचा। बद्रीनारायण ने पुलिसिया अंदाज में जोर से बोला–

आज नहीं छोड़ेंगे दिलफा को बहुत हो गया, ऐ चौकीदार कौन सा घर है दिलफा का रे।

चौकीदार बना पप्पू तुरंत ऊंची आवाज में बोला, सर यही घर है। चलो पकड़ते हैं साले को।

आवाज दिलीप के कानों तक पहुंच चुकी थी। पति के जेल जाने के डर से पत्नी के हाथ से इस्टिलिया थाली गिरकर झनझना गई। वह दौड़ती हुई दरवाजे पर आयी और जोर-जोर से कहने लगी–

छोड़ दीजिए सर जी आज के बाद दारु नहीं पियेगा। मत पकड़िए साहब छोड़ दीजिए, हम आपके पैर पकड़ते हैं।

दिलीप शांत हो चुका था। वह मछली चावल की थाली लिए ही दौड़कर जूट के खेत में छिप गया। उसने शराब ना पीने की कसम खाई।

सभी ने टोर्च की रोशनी में देखा वह जूट के खेत में ही चुपचाप बैठा मछली चावल खा रहा था।

सिद्धार्थ मोहन

व्यक्तिगत परिचय

जन्म स्थान : पटना (बिहार)

पिता : श्री विभूति कवि

माता : स्व . रीना कवि

शिक्षा : पी . जी . डी . एम् . (मार्केटिंग, ह्यूमन रिसोर्स)

लेखन विधा : उपन्यास, कविता, समीक्षा, लघुकथा, आलेख, निबंध

प्रकाशित कृतियाँ : टीयर्स ऑफ़ गैरेथ, ओमनीबस- माय अन्थोलॉजी, दवात- लेख संग्रह, उड़ान- साझा संकलन, कोविड- मानवता को एक सन्देश (आगामी)

पता : 150 एम . आई . जी . लोहियानगर, कंकरबाग, पटना-20 (बिहार)

ईमेल : siddharthmohankavi@gmai l .com

वेबसाइट : www.siddharthmohankavi.in

मेरा गाँव आलमनगर

मैं ठीक ठीक तो नहीं कह सकता किंतु मेरे अनुमान में इस पुस्तक को पढ़ने वाले अधिकतर लोग शहरी क्षेत्र के होंगे। मेरे भी जीवन का अधिकांश समय भारत के विभिन्न शहरों में बीता है। पर क्या आपने कभी सोचा है कि जब आपको स्कूल, कॉलेज अथवा नौकरी के दौरान कभी छुट्टी मिलती है, तो कैसे आपको शहर की भागदौड़, शोरगुल एवं भीड़भाड़ से दूर किसी नदी किनारे या किसी समुद्र तट पर अथवा किसी पर्वत या वन में शांतिपूर्ण ढंग से एकांत समय बिताने की इच्छा होती है?

मेरी समझ से ऐसा इसलिए होता है क्योंकि आज के दौर में हम अपने दिल से ज्यादा अपने दिमाग की सुनते हैं। एक तरफ हमारा दिल हमें शांति और आंतरिक शुद्धिकरण के मार्ग की ओर अग्रसर होने की राह दिखाता है, वहीं हमारा दिमाग संसार में चल रहे अनावश्यक प्रतिस्पर्धा, वैमनस्यता और अस्त व्यस्तता की ओर हमें धकेलता है। शायद इसी कारण कहा जाता है कि हमारे देश का दिमाग शहरों में बसता है किंतु हमारे देश का दिल देश के गांव में बसता है। यह बात पूर्णत: सत्य है कि ग्रामीण क्षेत्रों में आपको बड़े-बड़े मॉल्स नहीं मिलेंगे, ना ही आपको सुसज्जित शॉपिंग कंपलेक्स दिखेंगे। ऐसा इसलिए है क्योंकि आज भी भारत के गांव में मकान कच्चे किंतु लोग सच्चे और वचन के पक्के हुआ करते हैं।

महात्मा गांधी ने भारत को एक आदर्श समाज बनाने के लिए यूं तो कई महत्वपूर्ण बातें कही थी किंतु उनके द्वारा कही गई एक वाक्य 'अर्थ प्रोवाइस अस एवरीथिंग फॉर आर नीड, बट नॉट फॉर आर ग्रीड' मेरे दिल के बड़े करीब है। इसका अर्थ है कि धरती हमें हमारी जरूरत की सारी सामग्री देती है, किंतु हमारे लालच हेतु पर्याप्त सामग्री नहीं देती। क्योंकि हमारा लालच अनंत है और जिसका अंत नहीं उसे हम या कोई कैसे पूरा कर सकता है और शायद यही कारण था कि महात्मा गांधी ने आजीवन देश की तरक्की की कुंजी गांव एवं पंचायत व्यवस्था को माना।

यद्पि मेरा जन्म बिहार की राजधानी पटना में हुआ और मेरी उच्च शिक्षा बेंगलुरु में हुई किन्तु मैंने जितना जुड़ाव बिहार में स्थित अपने गांव आलमनगर से महसूस किया है, उतना मैंने अन्य किसी शहर से नहीं किया। बिहार की राजधानी पटना के शोर-शराबे से तकरीबन 250 किलोमीटर दूर मधेपुरा जिला में स्थित आलमनगर प्रकृति के निश्छल गोद में बसे, लता और वृक्ष से भरे, नदी, पोखर और तालाब के कलनाद के मध्य में बसा एक छोटा सा गांव है। एक ऐसा गांव जहां दिखावटी आडंबर या दूसरे की तरक्की से ह्रदय में जन्म लेने वाली असूया नहीं होती। जहां

हर जाति और धर्म के लोग आपस में घुल मिलकर खुशहाल जीवन व्यतीत करते हैं। जहां के खेत धान, मक्का, दलहन, गन्ना, सब्जी एवं अन्य वृक्षों और पौधों से खचाखच भरे रहते हैं। जहां आज भी देर रात छत्त पर लेट कर तारों को निहारने का एक अलग ही मजा है। जहाँ की नटखट वायु, बाजार में खड़े लोगों के वस्त्र से अनायास ही छेड़ छाड़ कर जाती है।

आलमनगर से मेरे परिवार का बहुत ही घनिष्ट सामाजिक एवं आत्मिक रिश्ता है। मेरे परदादा जी स्वर्गीय मनमोहन कवि संपूर्ण भारत में बृज भाषा के बड़े कवि एवं लेखक माने जाते थे। मेरे दादाजी स्वर्गीय विद्याकर कवि स्वतंत्रता सेनानी थे जो आज़ादी के बाद आलमनगर विधानसभा क्षेत्र से तीन बार विधानसभा के सदस्य रहे और दो बार बिहार विधान परिषद के भी सदस्य बने। उन्होंने आलमनगर में कोसी नदी के बाढ़ के प्रकोप से बचने हेतु कई सड़कों एवं पुलों का निर्माण करवाया था। स्कूल, कॉलेज, जल मीनार एवं अपराध को सख्ती से रोकने के लिए क्राइम कंट्रोल सड़क का निर्माण भी करवाया था। आलमनगर को मुख्य धारा से जोड़ने के लिए उन्होंने बिहपुर से बीरपुर सड़क की नींव रखी। बतौर शिक्षा एवं पथ निर्माण मंत्री, उन्होंने बिहार में कई क्रांतिकारी बदलाव लाया। मेरे पिता श्री विभूति कवि पूर्व सदस्य बिहार विधान परिषद ने भी आलमनगर में कई नई सड़कों और संस्थानों का निर्माण करवाया।

जब मैंने अपनी पी. जी. डी. एम्. (मार्केटिंग एंड एच. आर.) की पढाई ख़त्म करके बंगलुरु में एक निजी अंतराष्ट्रीय कंपनी में नौकरी शुरू की तो कुछ ही दिन बाद मिटटी की सुगंध मुझे वापस बिहार खिंच लायी। नौकरी से इस्तीफा दे कर आज आलमनगर में मैं कृषि क्षेत्र से सक्रीय रूप से जुड़ चूका हूँ।

बचपन से ही यहां जब भी आता हूँ तो एक अनोखा सा अपनापन लगता है यहाँ के मिट्टी से, ऐसा लगता है जैसे हर कण को मैं पहचानता हूँ और यहाँ की हर कण मुझे पहचानती है। . ऐसा भी तो नहीं है की कोई अनोखी चीज़ दिखती हो, पर पता नहीं हर साधारण सी घटना भी अद्भुत लगती है गाँव में। कोसी प्रमंडल में स्थित आलमनगर ब्लॉक, एक कृषि प्रधान क्षेत्र है जहाँ मक्का, गेहूं, धान, दलहन, सब्जी, बांस, पटुआ आदि की फसल प्रचूर मात्रा में होती है और देश भर से इन फसलों के खरीदार यहाँ इन पदार्थों की खरीदारी करते हुए आपको मिल जाएंगे। आलमनगर की मिठाई बड़ी लाजवाब होती हैं। बिना मिलावट के शुद्ध घी में बनी हुई 'बम्फर' नामक मिठाई का मज़ा ही कुछ और है। सबसे मज़ेदार बात तो यह है की शहर के विपरीत यहाँ घर का पता नहीं होता, साड़ी चिठ्ठियां ग्राम पोस्ट आलमनगर के पते पर आती हैं और व्यक्ति का नाम ही काफी होता है चिठ्ठी उस तक पहुंचाने को।

'अरे चाचा! नुनु बाबू का घर कहाँ है? ' पूछने पर बड़ी मीठी मुस्कान के साथ आपको जवाब मिलेगा 'बेटा आगे से पश्चिम और दाहिने हाथ पर पहला मकान।" बस ऐसे ही लोगों का पता और ठिकाना मिलता है।

आलमनगर की मुख्य भाषा मैथली है जो अगर आपने नहीं सुनी तो बता दूँ, बड़ी ही मीठी भाषा है, हलकी फुलकी बंगाली से मिलती जुलती सी है। आलमनगर के मुख्य पर्व में होली, काली पूजा, और छ्ठ पूजा आते हैं, ईद, बकरीद भी सब मिल कर बड़े धूम धाम से मनाते हैं। हर साल बाढ़ से ग्रसित होने के कारन ज़्यादा समृद्धि तो नहीं है आलमनगर में किन्तु हाँ यदि आप किसी के द्वार पर चले जाएंगे, तो वह व्यक्ति आपको केवल पानी नहीं देगा, अभाव में होते हुए भी आपको कम से कम गुड़ का एक टुकड़ा साथ में अवश्य देगा।

आलमनगर के खगड़िया बस स्टैंड के समीप स्थित अपने पुश्तैनी तालाब में कभी-कभी शाम को बैठकर इस बात की स्वयं से समीक्षा करना मुझे बहुत पसंद है कि जीवन के भाग दौड़ में हम सब एक ऐसे मशीन बनकर रह गए हैं जो शायद यह बात भूल गया है कि जीवन एक रेस नहीं किंतु एक एहसास है। और इस एहसास को इस तालाब के किनारे से बहुत करीब से महसूस किया जा सकता है। जहां हाफ पैंट पहने बच्चे छलांग लगा कर पानी में गोते मारते हैं। अचानक बगल के प्रसिद्ध मंदिर से घंटी बजने की टंकार जैसे वातावरण को शुद्ध कर देती है। अभी घंटी की गूँज थमी भी नहीं थी की उस मछुआरे की आवाज़ गरज उठती है जो अपनी कश्ती पर भ्रमण करता हुआ जाल से मछली निकालने के लिए बढ़ता है। इतने में ही कोयल, तोता, बतख, मैना, गोरैया जैसे चिड़ियों का मिश्रित झुण्ड चहचाने लगता है और आवाज़ में मधुरता इतनी की जैसे किसी ने कान में मिश्री उढ़ेल दी हो। फिर ध्यान अनायास ही उन किलकारियों की ओर खिंच जाता है, ये उन बच्चों की हंसी है जो थोड़ी देर पहले गोते खा रहे थे पर अब एक दुसरे पर पानी के छींटें मार रहे हैं, इतने खुश जैसे पानी में खज़ाना मिल गया हो। जैसे पानी की बूंदे न हो बल्कि मोती और अशर्फी हों।

सूर्य नारायण का ताप भी घटने लगता है और तेज़ रफ़्तार से बहती हवा चेहरे को मातृत्व सा स्पर्श करके रूह में समां जाती है। सब लोग और काम स्वतंत्र फिर भी कितने एक से, जैसे लय में एक ही सूत्र के हिस्से हों। मंत्रमुग्ध सा कभी एक टूक इस ओर तो कभी उस ओर पूरे दिन इस जगह को निहारने के बाद भी इतनी विशाल तालाब और उसका पूरा जल भी नैन के उस प्यास को बुझा नहीं पाता जो इस दृश्य को अपने अंदर समा लेना चाहती है हमेशा के लिए। नाम सिद्धार्थ है, पर यहाँ आने से सच मुच जैसे सिद्धि का अर्थ मिल जाता हो। जब कभी ह्रदय में कसमसाहट सी

महसूस होती है, तो इसी जगह आ जाता हूँ। बैठे बैठे जब निशा छाने लगती है और जाने का वक़्त हो चलता है तब ह्रदय में एक अनजाना सा भारीपन महसूस होने लगता है। ऐसा लगता है जैसे शायद अपना एक हिस्सा छोड़ कर जा रहा हूँ, इस वादे के साथ की फिर वापस आऊंगा तुम्हारी गोद में सुकून के कुछ पल बिताने, मतलबी दुनिया से बहुत दूर। समय मिले और दिल दिमाग में कभी द्वन्द सी महसूस हो तो आप भी अपना आलमनगर खोज लीजियेगा। यकीं मानिये खोजना बहुत मुश्किल नहीं होगा। भारत के कोने कोने में आलमनगर छुपा हुआ है, इंतज़ार में है की आप आएंगे और वह आप पर ममता और विशुद्धता की बरसात करेगी। गोवा, मुंबई जैसे बड़े शहरों को आपने कई बार देखा होगा। अब एक बार अपने दिल की सुनिए और अपना आलमनगर ढूंढ निकालिये। सच कहता हूँ, आप पछतायेंगे नहीं। छोटा सा आलमनगर है हमारा यारों मगर, हमारा दिल है सबसे बड़ा।

मेरा गाँव- मेरा देश

श्रमजीवी करते हैं मेहनत,
कभी धूप कभी छाँव में,
रूखा सूखा खा कर भी सब,
हंसकर रहते गाँव में।

जहाँ दौड़ते बच्चे हँसकर,
खेत पे नंगे पाँव में,
धरती माँ के गोद में सोते,
हैं सब सुख से गाँव में।

रहते हैं मिल कर सब जन,
प्रेम त्याग के भाव से,
भारत की पहचान है उसके,
निश्छल, निर्मल गाँव से।

स्वच्छ, सरल होते हैं हर जन,
यहाँ कर्म, स्वभाव से,
भारत की बुनियाद है बनती,
छोटे छोटे गाँव से।

खुशहाली देता है सबको,
सहकर सीने पर घाव है,
सुख, समृद्धि का प्रतीक,
भारत का हर एक गाँव है।

खेत के हर कोने हैं चमकते,

दलहन, गेंहूं, धान से,
देश को भोजन मिलता है,
उसके कर्मठ हर ग्राम से।

देश तरक्की करता है,
आगे बढ़ता है शान से,
योगदान सबसे ज़्यादा,
आता है उसके ग्राम से।

मेहनतकश जन बसते हैं,
तज कर आलस, आराम को,
करता हूँ नमन ह्रदय से झुककर,
भारत के हर ग्राम को।

भारत के जज़्बे और हिम्मत,
को सहस्त्र सलाम है,
बस्ती भारत की आत्मा,
उसके अपने ही ग्राम में।

सुरंजना पांडेय

व्यक्तिगत परिचय

जन्म तिथि : 6 जून, 1981

पैतृक स्थान : गांव पाण्डेय पट्टी कुशीनगर, उत्तर प्रदेश

पिता का नाम : श्री सुरेंद्र कुमार पांडेय(वरिष्ठ रेलवे वाणिज्य लिपिक लोकतंत्र स्वतंत्रता सेनानी)

माता का नाम : श्रीमती ज्ञानवती पांडेय

पति का नाम : डॉक्टर सुशांत कुमार पांडेय (MD. Medicine)

शिक्षा : तीन विषयों में परास्नातक हिंदी साहित्य, अंग्रेजी साहित्य और राजनीति विज्ञान में गोल्ड मेडलिस्ट दो विषयो में

विधा : कविता, कहानी, निबंध, गजल, मुक्तक, लघुकथा, लेख, व्यंग्य, हास्य व्यंग, बालकहानी, बालकविता, संस्मरण।

प्रकाशित कृतियां : कहानी जो बीत गई, कटाक्ष, शाश्वत प्रवाह, अन्तर्मन के स्वर, कहानियाँ जो बोलती है, जीवन के रंग कविता के संग

साझा संकलन : वर्तिका, अनामिका, साहित्यिक सरोवर, साहित्यिक लहरें, शब्दों का जादू, जीवन से वतन तक, नारी तू अपराजिता, उड़ान, काव्य मंजरी, जनक, मिस्ट आफ लाइफ साझा, वैश्विक महामारी एक युद्ध, साहित्यिक पथ, साहित्यिक आगाज, जनक, सावन, पिटारा, मातृछाया, पलाश, दोस्ती यारिया मनमर्जिया और कई पत्रिकाओं और अखबारों में भी समय-समय पर रचनाएं प्रकाशित।

सम्मान : सर्वश्रेष्ठ कवियत्री सम्मान, अपराजिता कवियत्री सम्मान, अनामिका कवियत्री सम्मान, हिमालयन रत्न सृजन सम्मान, साहित्य शिल्पी सम्मान आदि।

चले गांव की ओर

गांव के पोखर तालाब,
बाग बगीचो की वो
सुंदर शीतल मधुर बयार।
पेड़ों पे जहां लटके है
रहते झूले बच्चे अपनी,
धुन में जहां झूमते है।

पगडंडी बनाते हुए किसान जहां,
सभी व्यस्त खेती के कामो में जहां।
हरी भरी खेतो की क्यारी है,
फसलो से लहलहाते हर खेत है।
शुद्ध हवा शुद्ध है पानी जहां,
मौज मनाते है हर दिन जहां।

हर गांववासी हर रोज ही जहां,
ना कोई चिंता ना ही कोई फिकर,
शान्त सदा ही जीवन रहता जहां।
ना कोई जीवन की आपाधापी या होड़ वहां,
बेशक कम है सुख सुविधाए तो वहां।

पर नहीं उन्हे कोई गम किसी बात का तो,
सूखी रोटी और प्याज नून में मजा जहां है।
उन्हे पकवानो का सारा स्वाद मिलता है,
घडे के ठंडे पानी में ही तो अमृत मिलता है।

वो सुख कहां मिलता शहरो की भरी भीड़ में

और चकाचौध कंकरीट के विशाल गुम्बदो में।
शीतल सौम्य सुचि पवन जहां बहती है,
बहती रहती स्वच्छ धारा जहां तो है।

ऐसा प्यारा गांव तो हमारा है,
भोले सीधे सच्चे जहां के लोग है।
रौनक बसती जहां के चौपालो में रोज है,
हरियाली छायी रहती हर गांवो के कोनो में है।

बरबस खींचते मेरा मन हर रोज तो है,
चले एक बार क्यों ना गांव की ओर है।
छोड़ ये चकाचौध भरी जिन्दगी को,
गुजारे कुछ सुकुन के भरे पल तो है।

जीवन की हलचल को छोड़ हम,
बिताए चंद खुबसुरत पल गांव में हम।

किसान हूँ मैं

किसान हूँ मैं देश का,
धरती का सीना फाड़
मै तो अन्न ऊपजाता हूँ।

मैं हर रोज कुदाल चलाता हूँ,
हर रोज मैं मेहनत करता हूँ।
नहीं मेरी छुट्टी किसी दिन भी,
हर दिन खेतो पे मैं जाता हूँ।

मैं हूँ अन्नदाता देश का तो,
अपने मेहनत की कमाई खाता हूँ।
मेरे पसीने की हर एक बूंद में,
छिपी तो मेरी अथक मेहनत है।

जो हरियाली बन मेरे खेतो में बसती है,
लहलहाती है जब फसले मेरी तो,
मेरा सीना चौड़ा तो हो जाता है।
मैं हूँ सदा से आत्मनिर्भर ही,
अपनी बाजुओं पर यकीन रखता हूँ।

हर रोज में खेतो में जाता हूँ,
तब जा के परिवार के लिए तो
दो जून की रोटी मैं कमाता हूँ।
है प्यार मुझे मेरे फसलो से,
खेतो से, पगडंडियो से, मेडों से।

मैं हूँ किसान जो देश को,
अनाज देने में प्रतिनिधित्व करता हूँ।
नहीं मैं किसी सुख सुविधाओ का आदी,
सीमित संसाधनो में ही तो खुश रहता हूँ।

मैं हूँ तो एक आम आदमी देश का,
खेतो में ही गुजर बसर करता हूँ।
हां मैं एक किसान हूँ ......।

छोटा सा गांव मेरा

कितना सुन्दर कितना प्यारा था,
वो गांव के सुंदर से बगीचे
वो सावन के तो झूले।
वो पोखर ताल तलैया और
मैदानो में सब खेलते कबड्डी थे।
वो सुहानी सी सुंदर सुबह,
वो खुशनुमां शाम की महफिल।
वो चाय की चुस्कियों के दौर
गांव की लगती रोज चौपाल थी।
वो छत की गपशप हमारी,
क्या शान थी हमारे गांव की।
कितना अपनापन था गाव में,
पर आज है तो विपरीत सब।
गांव की गलिया हो गयी सूनी,
शहर की गलियां हो गयी तंग।
सब कमाने शहरो की ओर मुडें
और वहीं के हो के तो रह गये।
गांव के देसी खाने का क्या स्वाद था,
देसी घी और रोटी चीनी में कितना आनंद था।
वो स्वाद कहां मिलता अब पिज्जा बरगर में,
सब एक दूसरे के सुख दुख के साथी थे।
अब तो हाल ही दूसरा है,
बंद कमरो में बडे.आलीशान से रहते है।
नहीं बांटता उनका दुख कोई,
खुद ही रोते है खुद ही आंसू पोछते है।
हम भले हो गये कितने धनी भी,

पर दिल से गरीब हो गये हैं।
वो दादी नानी के सारे किस्से,
कितने दूर हो गये है तो हमसे।
वो दादी के हाथ का अचार,
नानी की बनाई हुई अमावट।
वो हम भाई बहनो की तकरार,
सब पीछे छूट गये जैसे है।
हम जिन्दगी के रेस में सभी,
कितने आगे ही बढ गये है।
रिश्ते पीछे छूट गये सारे हमसे
प्यारा गांव दूर हो गया हमसे है।
शहर की चकाचौध में हम सभी
जैसे कैद पंक्षी बन कैद हो गये जैसे।

कागज की नाव

प्यारा बचपन– प्यारा बचपन
कितना याद सदा तू आता है,
मन ये सोच के हर्षित हो जाता है
जब बच्चे थे कितना मस्ती करते थे,
हमारी एक दोस्तो की टोली होती थी
हम तो खुब हंसी ठिठोली करते थे,
जब भी बारिश होती झूम झूम के
कागज की नाव हम सब बनाते थे,
उन्हें पानी में हम खुब तो तैराते थे
दोस्तो संग हम खुब शर्तें भी लगाते थे,
कि किसकी नाव पानी में दूर तक जाएगी
और किसकी नाव बीच में डुब जाएगी,
हम खूब मस्ती करते और खेलते थे
अब तो ना रहा वो प्यारा बचपन,
ना बचपन की वो प्यारी सी बातें
जो अब पीछे छुट चुका बहुत है,
अब ना रही वो कागज की नाव
अब तो हर बच्चा आनलाइन गेम
खेल ही आनंद तो उठा रहा है,
खोखो, कबड्डी, गिल्ली, डंडा की
जगह अब ले लिया इनडोर गेमो ने,
गुम हो गये कागज के वो नाव जो खेले थे
और बनाएं थे कभी हमने तो बचपन में।

बीमार हूं मैं

पथरीले कंकरीट के इस दुनिया में,
आजकल हर कोई बीमार सा हो गया है।
है घुली हवा में बस जहर ही जहर,
ना शुद्ध भोजन मिल रहा किसी को।
ना शुद्ध हवा हर चीज में है मिलावट,
खुद को कैद सा कर रखा हमने है।
सभी ने अपने को आशियाने में
अक्सर हालचाल पता करने पर,
पता चलता है यहा बीमार है हर कोई।
मैं बीमार हूँ ये शब्द आज हर जहां,
में तैरता हुआ सा तो लगता है।
कोई सेहत से बीमार तो कोई,
अपनी सोच से है बीमार जहां।
तो कोई ईष्या द्वेष से बीमार है,
तो कोई किसी की खुशी देख के हुआ बीमार।
बीमारी की अपनी अपनी भाव भंगिमाए है,
अपनी अपनी अलग अलग प्रतिक्रियाए है।
है बीमारी बढीं जीवन के कयासो और बढते प्रदूषण से,
और सहज मानव निर्मित हुई गलतियो से।
हो गया है बीमार हर कोई हम खुद है जिम्मेदार,
हम करते रहे प्रकृति का सदा ही दोहन है।
किए ना कभी भी इसका तो संवर्धन,
नित्य खाते रहे फास्टफुड सेहत का ना रखा ध्यान।
तो हो गया सभी का सेहत खराब है,
पहले बीमारी में लोग अक्सर हालचाल
पुछने चले आते थे और बीमार व्यक्ति की,

तब आधी बीमारी बस यूं फुर हो जाती
हालचाल पूछने से चली जाती थी।
और टूटती हुई आशाओ में उम्मीद,
की किरण एक ऐसी लहराती थी।
अब है स्थिति बिल्कुल ही विपरीत,
अब लोग गेट वेल सुन का एक मैसेज लिख
अपना फर्ज निभाते है और बीमार व्यक्ति,
को देखने जाने से अब कतराते है।
आज बीमार है हम सभी अपनी ही सोच से,
नही किसी को फुरसत सब मशगुल है,
अपनी ही तो सपनीली दुनिया में है।

सुब्रत बोस

व्यक्तिगत परिचय

जन्म तिथि : जून 2, 1994

जन्म स्थान : पी. व्ही.–32 (रामकृष्णपुर)

पिता : संजीव बोस

माता : सत्यवती बोस

शिक्षा : उच्च मध्यमिक

सम्प्रति / कार्य : ट्यूशन शिक्षक

लेखन विधा : कविता, कहानी, लघुकथा, लेख

लेखन भाषा : हिन्दी, बंगला

प्रकाशित कृतियाँ : कथार देशे (बंगला पत्रिका) शब्दपोका (बंगला पत्रिका), शारद अंगिकार (बंगला पत्रिका), शब्दायन–2 (बंगला पत्रिका)

प्राप्त सम्मान : पॉथेर दावी कवि साहित्य सम्मान, कलम सैनिक कवि सम्मान, तुषार साहित्य रत्न।

पता : पी. व्ही.–32 (रामकृष्णपुर), पोस्ट – पखांजुर, जिला – कांकेर (छत्तीसगढ़)

ईमेल : subratbose99@gmail.com

आख़री मंज़िल

(कहानी)

आज रामपुर में एक खबर ने सभी अखबार और रिपोर्टरों का ध्यान खींच लिया, क्योंकि पिछ्ले रात को रघु पटेल और उसके परिवार के सभी लोगो ने फासी लगा ली। सुनने में आया हैं, की कर्ज़ के चलते सभी लोग आत्महत्या करने के लिए मजबूर हो गए। लेकिन लोगो का कर्ज़ तो चुका दिया, लेकिन रहने के लिए सर के ऊपर छत और कमाने के लिए खेत तक नहीं रहा, सब कुछ बेच दिए। लड़कियों की शादी करवाने के लिए भी पैसे नहीं थे, जिसके चलते सब मरने का फैसला किया।

आरव अगले महीने शिकागो से अपने घर जाने वाला हैं, दो महीने बाद उसके दो बहनों की शादी है। परिवार में आखिर 26 साल बाद पहली बार शादी होने जा रही है, आज 23 अक्टूबर हैं। 17 नवंबर को उसका इंडिया के लिए फ्लाईट हैं, यह का काम लगभाग हो गया। इंडिया में किसी को पता नहीं है, कि आरव अगले महीने आने वाला हैं। सबके लिए यह सरप्राइज हैं। उसके चाचाजी की आर्थिक स्थिति भी ठीक नहीं हैं, तो आरव ने सोचा कि अपने बहनों की शादी की जिम्मेदारी खुद लेगा। आरव जैसे ही सोने के लिए जाने वाला था, कि उसके नानू का कॉल आया। नानू – हैलो बेटा कैसे हो? आरव – हेलो नानू मैं ठीक हूँ, आप कैसे हैं? और नानी कैसी हैं? नानू – बेटा हम सब ठीक है। खाना खा लिया बेटा? आरव – हा नानू और आप? हम भी खा लिए हैं। सुन बेटा दो–तीन दिन के अंदर घर आजा एक जरूरी काम आ गया हैं, आरव –अभी ऑफिस छुट्टी नहीं मिलेगा नानू। नानू – तुझे आना ही पड़ेगा। आरव– ठीक हैं नानू मैं देखता हूँ। नानू – ओके गुड नाइट बेटा। आरव – गुड नाइट नानू।

25 तारीख़ को टिकट कन्फर्म हुआ, मुंबई पहुँचने में 18 घंटे लग गए, आरव को घर पहुँचते–पहुँचते रात हो गया। हाथ मुँह धोकर खाना खाने के बाद नानू ने बताया की तेरे चाचा चाची और बहनें दुनिया में नहीं रहे, सभी ने आत्महत्या कर लिए हैं, आज 5 दिन हुआ है। ये सुनने के बाद आरव के पैरो तले जमीन खिसक गया और सिर चक्राकर गिर पड़ा। आँखों से आंसू के धार निकल रहे थे। तीनों एक दुसरे के गले पकड़ कर रोने लगे। आरव पूछा ''ये सब कैसे हुआ नानू?'' तो नानू बोला '' पिछ्ले तीन सालो से फसल अच्छी नहीं हो रही हैं, इस साल फसल ठीक था। एक हप्ते बाद तेरे चाचाजी फसल कटने वाले थे, पर उससे पहले ही ओलावृष्टि की वजह से सारी फसल नष्ट हो गई। दो साल से तेरे चाचाजी कर्ज लेकर फसल बो रहे थे। सोचा

की इस साल फसल बेंचकर कर्ज चुका देंगें और बाकी पैसो से तेरे बहनों की शादी करवाएंगे। लेकिन सब बरबाद हो गया। कर्जदारों का पैसा तो अपने घर और जमीन बेंचकर चुका दिया लेकिन तेरे बहनों के शादी के लिए न पैसा बचा था, ना जमीन, और ना वह घर। तो ज़िंदा रहने से भला आत्माहत्या करने की सोची और पूरा परिवार खेत में एक आम झाड़ पर फाँसी लगा लिये। नानू ने आरव को बताया की कल तुम्हे तुम्हारे चाचा के गाँव में जाना है। मैं तुम्हारे बचपन के दोस्त वरुण को बुलाया हूँ। वहाँ पर जाकार तुम्हें अपने चाचाजी और सभी के श्राद्ध का काम करना है। गाँव जाकार आरव चाचाजी और सभी के श्राद्ध का काम किया।

एक दिन आरव ने अपने दोस्त वरुण को लेकर गाँव में घुमने निकला, पिछ्ले 20 सालो में गाँव का हाल वैसा ही जैसा बचपन में देखा था। लगता है यह पर समय मानो थम सा गया हैं। न सड़के बनी, न विद्युत की सुविधा, न किसी प्रकार के कोई विकास हुआ। खेतो पर पहुँचा तो वह सब विरान पड़ा हुआ था, सब कुछ तबाह हो चुका था ओलावृष्टि के वजह से। गाँव में आज भी पुराने तरिके से खेती होती हैं। आरव ने सोचा की अब यहीं रहकर गाँव के लिए कुछ किया जाये। कुछ दिन बाद साहूकार से अपने चाचा के ज़मीन छुड़वा लिया और खेत को अगली फसल के लिए तैयार करवाया। आधुनिक तरीको से जैविक खेती शुरू कर दिया, और कुछ महिनों में ही गाँव में सबसे अच्छी फसल तैयार कर लिया। पड़ोस के गाँव से भी लोग फसल देखने आए।

कुछ दिन बाद आरव को पता चला की उस क्षेत्र में ग्राम सेवक का एक पद खाली हैं, तो उसने उस पद के लिए आवेदन किया। इधर उसे गाँव के सभी किसानों को एक दिन अपने घर में बुलाया और सभी को नए तारिके से कृषि के लिए प्रेरित किया तथा लोगों से कहा की इससे जमीन व पर्यावरण को कोई नुकसान नहीं होता हैं, इससे पैदावार भी ज्यादा होता हैं। आने वाले दिनो में ये कृषिक्षेत्र को कायाकल्प कर देगी। कुछ दिन बाद उसकी नियुक्ति ग्राम सेवक के रूप में हो गया अब उसका काम और आसन हो गया। अब वो दुसरे गाँव जाकार लोगो को उन्नत तरिके से खेती करने के लिए प्रेरित करने लगा। जब अतिरिक्त समय बचता तो गाँव के समस्याओं के समाधान ढूंढने में लग जाता, अब धीरे धीरे लोगों के दिलों में आरव के लिए जगह बनता गया। गाँव के सभी लोग हर त्योहारों में उसे अपने घर पर बुलाने लगे। उसने लोगों की मदद से गाँव में स्कूल, अस्पताल तथा सड़क बनवाया और विद्युत पहुँचाया। लोगों और गाँव की हालत काफी सुधर गई। दूर-दूर से लोग गाँव की तरक्की देखने आने लगे। इसके लिए इस साल का सर्वोच्च ग्राम सेवक सम्मान के लिए आरव का नाम नामांकित हुआ।

मिस. ब्राह्मी गाँव में नई आई हैं, जब वो गाँव को देखी तो गाँव को स्मार्ट गाँव से कम नहीं

लग रहा था। सब कुछ था गाँव में लेकिन एक चीज नहीं था और वो था मोबाइल नेटवर्क। किसी को अगर फोन करना होता था 20 कि.मी. दूर शहर के पास जाना पड़ता था फोन करने के लिए। ब्राह्मी कुछ दिनों से आरव के बारे में गाँववालों से पुछताछ करने लगी, पर ज्यादा कुछ पता नहीं चला तो उसे आरव का पीछा करना शुरू कर दिया।

आरव हर शनिवार को शहर जाता था और सोमवार को वापस आया करता था। जब अगले शनिवार को वो फिर से गया, तो वरुण रविवार रात को करीब 1 बजे के आसपास देखा की कोई आरव के घर में ताला खोलकर घुसने की कोशिश कर रहा है, तब वरुण ने अपने घर से एक ताला लेकर अरब के घर में उसे बंद करके ताला लगा दिया। और सुबह गाँव के सभी को बुलाकर इकट्ठा कर लिया, इसी बीच आरव भी आ पहुँचा। तब वो अपने घर के पास जैसे ही भीड़ देखा तो जल्दी जल्दी जाने लगा, पहुँचने के बाद पता चला की कोई उसके घर में घुस गया जो अंदर बंद है। दरवाजा खोला गया तो सब चौक गए क्योंकि वो कोई और नहीं, वो तो वही नई लड़की ब्राह्मी थी जो कुछ दिन पहले गाँव में आई थी। वह बोली की मैं कोई चोर नहीं हूँ, मैं एक पत्रकार हूँ और मैं आरव पर एक लेख लिख रही हूँ उसे इस साल राज्य के सर्वोच्च ग्राम सेवक सम्मान मिलने वाला हैं। फिर ब्राह्मी गाँववालों से बोली की मुझे आरव से कुछ अकेले में बात करनी हैं, गाँववालों ने बोला ठीक हैं। आरव ने गाँववालों से धन्यावाद बोलकर सभी को घर जाने के लिए कह दिया। ब्राह्मी – बिना बोले आपके घर में घुसने के लिए मैं बहुत शर्मिंदा हूँ, हो सके तो मुझे माफ कर देना। और उसके लिए भी सॉरी मैंने आपकी डायरी बिना बोले ही पढ़ ली।

आपसे कुछ सवाल था, क्या मैं पूँछ सकती हूँ? आरव बोला हा पूँछो, जो भी पूँछना हैं। आप शिकागो से फूड एंड जेनेटिक टेक्नोलॉजी पर पीएचडी कियें हैं, और एक मामुली गाँव में एक छोटी सी नौकरी कर रहे हैं, इसके पीछे क्या करण हैं? सबसे पहली बात कि मैं इसी गाँव से हूँ, मेरे मम्मी पापा एक दुर्घटना में मारे गए। उनकी इच्छा थी कि गाँव के लोगो की मदद करना और गाँव में बदलाव लाना, पर वो नहीं कर सके। तो मैं उनकी आखिरी ख्वाहिश पूरी कर रहा हूँ। फिर ब्राह्मी बोली ये PT–1508 क्या है? अरब – मैंने एक यहाँ के जलवायु के लिए एक बेहतरीन किस्म का धान तैयार किया हूँ जो यहाँ के किसानों के लिए बहुत जरूरी हैं। इसकी पैदावर बहुत अच्छी होती हैं, इसमें कम पानी की जरूरत होती हैं, इसमे किड़े-मकोड़े भी कम लगते हैं। ब्राह्मी – और PT–1511 के बारे में बताइये।

आरव – PT–1511 एक अमेरिका के लिए धान की एक किस्म हैं, जो वहाँ के वतावरण के लिए बेहतर हैं। ब्राह्मी – आख़री सवाल, गाँव के प्रति लगाव का कारण? आरव – मैं पैदा गाँव में

ही हुआ हूँ, इस मिट्टी में ही पलकर बड़ा हुआ हूँ। गाँव के लोगों की भोलेपन, उनके दूसरों के प्रति लगाव, यहाँ के मिट्टी कि खुशबू, गाँव की हरियाली, शाम होते ही बच्चों की किलकारियां, सुबह के पक्षीयों की चहचहाट, झरनों की गुण-गुण, इन सब से मैं बहुत दूर रहा हूँ और दुबारा इससे दूर रहना या खोना नहीं चाहता। क्या मैं आपके बारे में ये सब लिख सकती हूँ? आरव – ठीक है, लेकिन 15 दिन बाद, क्योंकि PT-1508 का पेटेंट आने में एक सप्ताह लग जाएगा। एक बात पूछूँ आपसे? ब्राह्मी – हाँ पुछिँये। आरव- आपको मेरा पता कैसे मिला? ब्राह्मी – बस अपने पहचान के लोग भी हैं सरकारी दफ्तरों में। एक बात और इस साल सर्वोच्च ग्राम सेवक सम्मान आप ही को मिलने वाला हैं, तो अडवान्स में कॉन्ग्राचुलेशन। आरव- थैंक यू।

कुछ दिन बाद सुबह-सुबह डाकिया चाचा डाक लाया, लिफाफा खोला तो उसमे आमंत्रण पत्र था, जो शहर से कृषि अधिकारी द्वारा भेजा गया था। अगले शुक्रवार को शहर के सुभाष स्मारक हाल में शाम 7:30 बजे को सपरिवार आमंत्रण है। शुक्रवार सुबह आरव अपने दोस्त वरुण को साथ लेकर नाना घर पहुँचा। उधर हॉल के बाहर ब्राह्मी बेसब्री से आरव का इंतजार कर रही थी। करीबन 7:20 को एक काले रंग का मर्सेडिस आकर लॉन के सामने रुका, उसमें से आरव और वरुण पहले निकला फिर दोनों ने पिछे के दरवाजे खोलकर अपने नानू और नानी का हाथ पकड़कर गाड़ी से उतरवाये। जैसे वह सब सिढ़ी चढ़कर हॉल में प्रवेश किए तो सामने देखा की ब्राह्मी खड़ी थी, जो साड़ी में बहुत खूबसूरत लग रही थी।

आरव ने ब्राह्मी को सबसे परिचय करवाया। ब्राह्मी ने नानू और नानी का आशीर्वाद ली और सब एक साथ फंक्शन में पहुँचे। फंक्शन के बाद ब्राह्मी आरव से बोली कल आप फ्री हो क्या? आरव – हाँ क्यूं? ब्राह्मी – हाँ थोड़ा-सा काम है, कल शाम 5 बजे स्टारबक्स में मिलते हैं? आरव – ठिक है। ब्राह्मी – मैं निकलती हूँ रात बहुत हो गई हैं। नानी – बेटी अपनी मम्मी पापा को लेकर कभी हमारे घर घुमने आओं। ब्राह्मी – हाँ जरूर नानी। नानू और नानी के गले मिलकर आरव और वरुण को गुड नाइट बोलकर ब्राह्मी वहाँ से निकल गई। करीब शाम 4:45 को ब्राह्मी स्टारबक्स पहुँच गई, 25 मिनट बाद आरव पहुँचा। ब्राह्मी – आप क्या लोगे? आरव – आपको जो पसंद हैं। ब्राह्मी – वेटर! 2 कैपोचिनो लाटे।

ब्राह्मी – आपका काम कैसे चल रहा है? आरव – बहुत अच्छा, और आपका? ब्राह्मी – मेरा भी अच्छा चल रहा हैं। ब्राह्मी – एक बात बोलो आप इतने पढ़े लिखे हो, लेकिन आपमें ज़रा सा भी घमंड नहीं हैं। आप इतने अच्छे कैसे हो सकते हैं? आरव – एक बात पता हैं ब्राह्मी? किसी भी इंसान का सबसे पहला और बड़ा परिचय हैं कि वो एक इंसान हैं। शिक्षित योग्यतायें कभी भी

किसी इंसान की इंसानियत निर्धारण के मापदंड का पैमाना नहीं हो सकता हैं। जो शिक्षा दुसरो को सम्मान करना नहीं सिखाती हैं, वो शिक्षा कभी शिक्षा नहीं हो सकती। बात करते करते एक घंटा कैसे बीत गया पता ही नहीं चला दोनों को। दोनो एक दसरे के फोन नंबर एक्सचेंज किए। ब्राह्मी – ये लो आपके लिए गिफ्ट। आरव – क्या हैं इसमें? ब्राह्मी – जो भी हैं प्लीज़ घर जाकार देखना। चलो बाय। आरव – बाय।

घर जाकार गिफ्ट खोला तो उसमे कल पब्लिश होने वाले आर्टिकल थे, जिसके कवरपेज पर लिखा था ''The Face behind the PT-1508"। आर्टिकल को पढ़ने के बाद वो सो गया। जब सुबह नींद से जागा तो नानी बुला रही थी, कि जल्दी से इधर आजा आरव। आरव जब पहुँचा तो देखा की टीवी पर आर्टिकल से संबंधित खबरे आ रही थी। देखने के बाद आरव मोबाइल निकाल कर ब्राह्मी को कॉल किया।

आरव – हैलो गुड मॉर्निंग! ब्राह्मी– गुड मॉर्निंग और कॉन्ग्राचुलेशन।

आरव – थैंक यू, और एक बार थैंक यू आर्टिकल के लिए। ब्राह्मी – वेलकम हैं।

ब्राह्मी – नानू और नानी कैसे हैं?

आरव – ठीक हैं दोनो। ओके बाय बाद में बात करते हैं। ब्राह्मी – ओके बाय। एक महीना बाद, आरव गाँव से नानू के घर गया। आरव– नानी कैसी हो? नानी – मैं ठीक हूँ, तू कैसा हैं बेटा?

आरव – मैं भी ठीक हूँ नानी। नानू कहा हैं? नानी – कुछ काम से बाहर गए हैं, एक घंटे में आ जाएंगे। हाथ मुँह धो ले, मैं तेरे लिए खाना लगाती हूँ। आरव – ठीक हैं नानी। खाने के बाद।

नानी – तेरे लिए लड़की देखी हैं, तेरे बिस्तर के ऊपर लड़की की फोटो रखी हूँ, देख के बताना कैसी हैं लड़की? आरव– नानी मैं अभी शादी नहीं कर सकता। नानी – मैं उन लोगों को बोल चुकी हूँ, कि हम लोग कल उनके घर जा रहे हैं। आरव – ठीक हैं नानी। नानी– देखकर बताना कैसी हैं? फोटो देखने के बाद।

आरव – नानी ये तो ब्राह्मी हैं। नानी – 3 दिन पहले ब्राह्मी और उसके मम्मी-पापा आए थे तो मैंने उनसे शादी की बात की तो उन लोगों ने हाँ बोल दिए हैं, ब्राह्मी भी राज़ी है। अब तू बता लड़की पसंद तो हैं ना?

आरव – हाँ नानी पसंद तो हैं। नानी – कल तैयार रहना ब्राह्मी के घर जाना हैं, शादी की बात पक्की करने। आरव – इतनी भी जल्दी क्या हैं नानी?

नानी – शुभ काम में देरी नहीं करते हैं। आरव – जैसे आप चाहो, लेकिन नानी एक शर्त हैं, अगर मंजूर हैं तो ही ये शादी होगी वरना मैं शादी नहीं करुंगा।

नानी – क्या शर्त हैं बेटा? आरव – शादी गाँव में होगा और शादी के बाद हम सब वहाँ गाँव में ही रहेंगे। नानी – बोल के देखती हूँ उन लोगों की क्या राय हैं?

कुछ दिनों में दोनों की रिश्ता तय हो गई हैं, एक महीने बाद दोनों की गाँव में शादी हैं। आरव और ब्राह्मी ने गाँव में घर-घर जाकर सभी को जाकर शादी की न्योता दिए। गाँव के सभी लोगो ने बढ़-चक्कर शादी में भाग लिए। बड़ी धूम धाम से शादी हुई। शादी के बाद आरव, ब्राह्मी, नानू और नानी सब गाँव में खुशी-खुशी रहने लगे।

वंदना सोलंकी

व्यक्तिगत परिचय

जन्म तिथि	: 1 मई 1964
जन्म स्थान	: झाँसी, उत्तर प्रदेश
पिता	: (स्व.) श्री ब्रजपाल सिंह
माता	: श्रीमती शारदा सिंह
पति	: (स्व.)श्री राकेश सोलंकी
पुत्र	: विप्लव सोलंकी
पुत्री	: सौम्या सोलंकी
शिक्षा	: एम.ए. संस्कृत एवं बी.एड.।
सम्प्रति / कार्य	: लेखन।
लेखन विधा	: कहानी, कविता, उपन्यास, लेख इत्यादि।
प्रकाशित कृतियाँ	: साझा संग्रह-कुंडलियां बोलती हैं, नवगीत माला, नारी नारायणी कविता संग्रह, अनुभूति काव्य संग्रह, माहिया के हस्ताक्षर, पलाश, लघुकथा कथा संग्रह।
प्राप्त सम्मान	: प्रतिलिपि एप पर कई कहानियाँ पुरस्कृत एवं विभिन्न साहित्यिक संस्थाओं द्वारा पुरुस्कृत।
पता	: B-2, 1st floor, Chhatarpur Extension, Near Nanda Hospital New Delhi
संपर्क नम्बर	: 9958045700, 6396074373
Email	: vandna.solanki@gmail.com

जांबाज़ सिपाही

(कहानी)

“अरे यार पंडित तुझसे कितनी बार बोला है इस तरह मेरे सामने मुंह लटका कर मत आया कर। मैंने बोला ना मैं सर से बात कर लूंगा, मैं अपनी छुट्टी की दरख्वास्त रद्द करा के तेरी छुट्टी की बात करता हूँ। ओके मेरे शेर...अब जरा मुस्करा दे मेरी लैला”

नज़ीर ने पंडित यानि अजय से कहा। उसकी बात सुनकर अजय भी मुस्करा दिया।

तभी कैंटीन में इंद्रवीर, दानिश तथा इशमीत भी आ गए।

“क्या बातें हो रहीं हैं भई लैला मजनू की?

हम भी सुन सकते हैं क्या? या ये पर्सनल मामला है यारा?”

इशमीत सिंह ने चुटकी ली।

“अरे, कुछ नहीं यार...पंडित को डर है कि

उसकी छुट्टी मंजूर होगी भी या नहीं।

बेचारा तड़प रहा है अपनी नई नवेली दुल्हन से मिलने को। बेवफ़ा कहीं का...हुंह....जाओ मैं नहीं बात करती....आई मीन ....करता....नज़ीर ने ये बात इस अदा से की कि सभी बेतहाशा हँस पड़े और संजीदा माहौल खुशनुमा हो गया।

आर्मी वाले इसी तरह हँसी मज़ाक करके अपने घर परिवार से दूर अपना मन बहलाये रहते हैं। वे बहुत जिंदादिल होते हैं किसी भी परिस्थिति में अपना हौसला नहीं खोते। वतन की खातिर अपनी जान लुटाने को सदैव तत्पर रहते हैं।

सरहद पर सेना की टुकड़ियां तैनात थीं। ईद, रक्षाबंधन और पंद्रह अगस्त जैसे पर्व आने वाले हैं तो चौकसी और ज़्यादा बढ़ा दी गई है।

“और, इंडिया वालो, कैसे हो जवान, हाऊ इज द जोश....? टुकड़ी की अगुवाई कर रहे कैप्टन विक्रम तभी वहाँ आ गए।

“जय हिंद सर”

“आल वेल सर’

सबने खड़े होकर कैप्टन विक्रम को सलूट किया।

“और तुम ‘पंच परमेश्वर’ ‘इंडिया वाले’ कैसे हो जवान?

उन पांच दोस्तों की तरफ मुखातिब होते हुए कैप्टन ने सवाल किया।

"अरे सर!आप भी...आपको भी हमारे ये नाम पता हैं?

उन पांचो में सबसे सीनियर दानिश ने पूछा।

"बेशक। हम दुश्मनों के साथ साथ अपने लोगों की खबर भी रखते हैं।

जोर से ठहाका लगते हुए कैप्टन ने कहा।

इंद्रवीर, नज़ीर, दानिश, इश्मीत और अजय इन पांचों की गहरी दोस्ती सेना में बहुत मशहूर थी। इनके नामों के पहले अक्षर से इंडिया नाम बनता है तो सब इन्हें 'इंडिया वाले' जवान कहते थे कोई 'पंच परमेश्वर' कहता था। पांचो हमेशा साथ रहते साथ खाते, एक दूसरे पर जान लुटाने को तैयार रहते।

"अच्छा चलो, अब हँसी मज़ाक बहुत हो गया अब काम की बात हो जाये। अभी अभी मेजर सतीश का वायरलेस से मैसेज आया है कि पाक की टोली हमारे बॉर्डर की तरफ आ रही है इसलिए सभी लोंगो की छुट्टियां रद्द कीं जाती हैं बशर्ते कि किसी के यहाँ कोई इमरजेंसी न हो। इसीलिए मैं खुद तुम लोगों को इतिल्ला करने आया हूँ। समझ गए सब जवान?"

"यस सर, "

तभी नज़ीर आगे बढ़ कर सलूट मारते हुए

कैप्टन से पंडित को छुट्टी देने की विनती करता है, "सर, इसकी छः महीने पहले शादी हुई थी, इसकी पत्नी गर्भवती है तथा काफी बीमार है वो अस्पताल में भर्ती है....सर....इसके परिवार को इसकी सख्त ज़रूरत है। आपसे दरख्वास्त है सर पंडित को उसके घर जाने की इजाज़त दी जाय...।

"ओके। इन डेट केस यू कैन गो अजय।

क्या आप जाना चाहते हैं लांस नायक अजय पंडित?"

"सर, ऐसे हालात में मेरे लिए देश ज़्यादा ज़रूरी है तो मैं अपनी छुट्टी की दरख्वास्त वापस लेता हूँ।"

नज़ीर पंडित को आँखे दिखाता है पर पंडित टस से मस नहीं होता।

नज़ीर को आँखे दिखाते हुए कैप्टन देख लेते हैं।

फिर सभी की तरफ देखते हुए कैप्टन एक बार फिर पूछते हैं,

"किसी और को कुछ कहना या पूछना है?"

"नो सर....जय हिंद सर"

"कल सुबह तड़के हमारी सेना बॉर्डर के लिए रवाना होगी, दुश्मन की टोली के पहुंचने से पहले

हमें अपनी रणनीति बनानी होगी।"

खैर, अजय पंडित की छुट्टी मंजूर हो जाती है पर वह जाने के लिए तैयार नहीं होता है उसके साथी उसे बहुत समझाते हैं तब भी बड़ी मुश्किल से वह मानता है। और रात की बस से

अपने जन्मस्थान मथुरा के लिए रवाना हो जाता है।

कुछ दूरी तक जाकर बस एक ढाबे पर रुकती है तो सभी नीचे उतर जाते हैं पर वो पीछे की सीट पर ही लेटा रहता है, अभी अंधेरा ही छाया था चारों ओर।

ठंड भी बहुत हो रही थी। वो सिर से पांव तक काला कंबल ओढ़े लेटा रहा। बिना हाथ मुंह बाहर निकाले उसने कम्बल के अंदर मोबाइल में वक्त देखा तो रात के तीन बजे रहे थे। वो सोने की कोशिश करने लगा तभी उसे कुछ फुसफुसाहट सुनाई दी। वो खामोशी से कान लगाकर, चौकन्ना होकर सुनने लगा। उसने जो सुना, वो सुनकर उसके होश उड़ गए,

"देखा कैसा बेवकूफ बनाया हमने इस भारतीय सेना को...हमने जानबूझ ये सूचना उन तक पहुँचवा दी कि पाक सेना कल रात बॉर्डर पर हमला करेगी पर हमारे आदमी भारतीय सेना की टुकड़ियों को उनके शिविरों में ही घेर कर मार गिराएंगे जब वो गहरी नींद में सो रहे होंगे। इस तरह हम उनकी ज़्यादा से ज़्यादा छावनियों को कवर कर लेंगे। जितने ज्यादा ये नामाकूल इंडिया वाले ख़त्म होंगे तब जाकर हम सर्जिकल स्ट्राइक का बदला ले पाएंगे।"

"जी भाईजान दुरुस्त फरमाया आपने। इन कमबख्तों ने नाक में दम कर रखा है।"

"आहिस्ता बोल क़ासिम, कहीं किसी ने सुन लिया तो अपना सारा प्लान धरा का धरा रह जायेगा!"उनमें से किसी एक ने बोलने वाले को चेताया।

"बजा फरमाया आपने भाईजान....मगर सब मुसाफिर बस से नीचे उतर कर फारिग होने और चाय पानी पीने के लिए....।

चलें...अब हम भी जरा नीचे चलकर वुज़ू कर लें थोड़ी देर में नमाज़ का वक़्त हो जाएगा फिर पता नहीं ये बस कहाँ रुके।"

अल्ला ताला से दुआ भी तो मांगनी है कि दिल्ली, आगरा, मथुरा में भी तो अपनी प्लानिंग सफल हो। असलम, अकबर, कबीर सहित पंद्रह लोग उन जगहों पर पहुँच गए हैं। पंद्रह अगस्त को हिल जाएगा सा....ला... इंडिया....हाहाहाहा..""

पंडित ने धीरे से सर उठा कर देखा,

वो पाँच लोग थे जो उसी के आगे वाली दोनों तरफ की सीट पर बैठे थे इस बात से बेखबर कि पीछे की सीट पर कोई है।

वो सांस रोके लेटा रहा। जब वे पांचो नीचे उतर गए तब उसने जल्दी से अपने साथियों को फोन लगाया कई बार के प्रयास के बाद आखिर इशमीत ने फ़ोन उठाया। उसने जल्दी जल्दी सारी सूचना देकर अपने फ़ोन की लोकेशन भेज दी, और कहा कि वे लोग जल्दी से एक्शन में आ जाएं। फिर वो जल्दी से अंधेरे का फायदा उठा कर अपनी चौकी की तरफ भागा।।

पंडित बेतहाशा भागे जा रहा था वह जल्द से जल्द छावनी पहुँच जाना चाहता था। उसका देशप्रेम प्रदेशप्रेम या परिवार प्रेम पर भारी पड़ गया। अपने देश और अपने साथियों को छोड़ कर वो कैसे जा सकता है?

इधर बस चालक व सवारियां बस में चढ़ गईं थी। बस चालक को अपनी सीट पर एक कागज मिला। उसने बस की बत्ती जला कर पढ़ा, " नमस्कार ड्राइवर साहब, सबसे पहले तो आप से निवेदन है कि आप बिना कोई प्रतिक्रिया दिए ये ज़रूरी सूचना पढ़े...इस बस में पिछली सीट से एक सीट आगे जो पांच व्यक्ति बैठे हैं, वो आतंकवादी हैं ...आप जल्द से जल्द पुलिस को सूचित करें और बस को नज़दीकी पुलिस थाने या चौकी पर ले जाएं। मैं एक फौजी सिपाही हूँ जो सबसे पीछे की सीट पर सादे कपड़ों में बैठा था। मैं अपनी छावनी में भी सूचना दे दी है मैं अपने लोगो को बचाने जा रहा हूँ। आप सावधानी व होशियारी से काम ले। "

–भारत का एक सिपाही

ड्राइवर लघुशंका के बहाने बस से नीचे उतरने लगा तो उन्हीं आतंकवादियों में से एक चिल्लाया– "अरे, भाईजान इतनी देर बस खड़ी थी तब आप फारिग नहीं हो पाए थे जो अब फिर से जा रहे हो?"

"वो क्या है जनाब... हम शुगर के मरीज हैं तो हमें ज़रा, जल्दी जल्दी पेशाब जाना पड़ता है। आप फिक्र ना करें हम आपको बहुत जल्दी पहुंचा देंगे। "कहकर वो थोड़ी दूर एक पेड़ के पीछे चला गया वहां से उसने पुलिस को बस की लोकेशन भेज कर सारी सूचना दे दी। फिर जल्दी से बस की स्पीड बढ़ाई। धीरे धीरे सभी मुसाफिर नींद के आगोश में आ गए। लगभग दो घण्टे बाद बस पुलिस थाने के सामने खड़ी थी। तब तक पीछे से भी कई पुलिस फ़ोर्स की गाड़ियां आ चुकी थीं जो सावधानी से कुछ दूरी में रह कर बस का पीछा कर रहीं थी। यदि उन बदमाशों को भनक भी लग जाती तो यात्रियों की जान को खतरा था। इसलिए चुपचाप ये कार्यवाही की गई थी।

पांचो आतंकवादियों को दबोच लिया गया। ड्राइवर की सूझबूझ, समझदारी और हिम्मत की सबने भूरि भूरि प्रशंसा की।

उधर पंडित अपने गंतव्य तक पहुँचने ही वाला था कि दुश्मनों की टोलियों ने उसे घेर लिया।

तब तक उसके साथियों की टोली भी सेना की टुकड़ी सहित दुश्मनों के सामने आ खड़ी हूं लेकिन तब तक दुश्मन की फौज ने अंधाधुंध गोलियां बरसानी शुरू कर दीं।।

इशमीत सिंह अजय पंडित की जान बचाने हेतु उसके आगे आ गया और वहीं ढेर हो गया। कुछ ही क्षण में वही हाल पंडित का हुआ।

फिर दोनों तरफ से अंधाधुंध गोली बारी हुई जिसमें कितनी जानें गईं। दुश्मनों की पूरी टोली को समाप्त कर दिया गया। इंडिया वाले जाबांजों में नज़ीर, इंद्रवीर और दानिश बुरी तरह घायल हुए।

चारों तरफ खून ही खून, लाशें ही लाशें ....

तभी अर्धमूर्छित नज़ीर की नज़र लाल साड़ी, लाल रंग की चूड़ियां व खिलौनों पर पड़ी जो पंडित ने अपनी पत्नी व बच्चों के लिए खरीद कर रखे थे। नज़ीर की आँखें भर आईं और वो बेहोश हो गया।

तिरंगे में लिपटे वीर शहीदों के शव आज लंबी छुट्टी पर जा रहे थे।।

कैप्टन सहित सभी लोगों की आँखें नम थीं।

आज वीर फौजी सिपाहियों के साथ साथ एक आम इंसान ने भी दिखा दिया कि–

जब देश की आन पर
बन आती तो वो पीछे नहीं हटते
हम 'इंडिया वाले' हैं
हम जान देने से नहीं हिचकते....

किसान की बारिश और खुशहाली

रतनपुर गाँव का निवासी सुजीत एक पढ़ा लिखा परंतु गरीब किसान है। वैसे इसमें कोई नई बात तो नहीं है किसान की गरीबी तो पूरी दुनिया में प्रसिद्ध है। खासकर भारतीय कृषक की दशा और हालात तो बद से बदतर है। पूरी दुनिया को खाना खिलाने वाले अन्नदाता को दो वक्त का भोजन भी नसीब हो जाए तो वो ईश्वर का आभार व्यक्त करता है। खेतो में कपास उगाने वाले किसान को मोटे कपड़े का एक टुकड़ा भी बमुश्किल मिल पाता है। वे अपने बच्चों को उचित शिक्षा भी नहीं दे पाते। अपनी पत्नी को गहने पहनाने का सुख तो दूर की बात है वो तो पत्नी को ढंग के कपड़े नही दिला सकता।

सुजीत का हाल भी अन्य किसानों से जुदा न था। उसके परिवार में माता पिता, दो छोटे भाई बहन पत्नी तथा दो छोटे छोटे बच्चे थे। परिवार बड़ा था और ज़मीन कम थी तो आमदनी भी कम होती थी। पिता पढ़े लिखे नहीं थे। इसी बात का फायदा गाँव के जमींदार ने उठा लिया। पिता ने सुजीत को शहर में पढ़ाने के लिए जमीदार के पास अपनी जमीन गिरवीं रख के कर्जा लिया था। उसके एवज में उसने जमीन अपने नाम करा ली थी जिसका भान उसके पिता को नहीं था।

शहर में सुजीत ने अपनी पढ़ाई के साथ साथ ट्यूशन तथा कुछ और छोटे मोटे काम करके कुछ पैसे कमा लिए थे। जिससे कि जमींदार का पैसा चुका सके।

जब उसका बापू कर्जा वापस करने गया और जमीन के कागज़ मांगे तो उसने कहा, “कैसे कागज़? तूने तो अपनी ज़मीन मुझे बेच दी थी बल्कि मैंने तो तुझ पर तरस खाकर ज़मीन की कीमत से ज़्यादा पैसा दे दिया था। ला, ये पैसे और तेरा मेरा हिसाब बराबर।”

पिता को मुंह लटकाए देख कर सुजीत ने कारण पूछा। मामला पता चलते ही सुजीत सीधा जमींदार के पास पहुंचा और अपनी ज़मीन के कागज़ माँगे। जमींदार ने ढिठाई से वही बात दोहराई जो उसके पिता को बताई थी। पर सुजीत अड़ा रहा कि उसे अपने कागजात देखने हैं।

उसने देखा उन कागज़ों पर पिता के अंगूठे की छाप लगी है। उसने जमींदार से मिन्नतें की कि वो ऐसा गजब न ढायें, उनकी जमीन वापस कर दें। पर एक बार हाथ आई लक्ष्मी को कौन वापस करता है। उसने सुजीत को दुत्कार कर भगा दिया।

मगर सुजीत ने मन में ठान लिया कि वो हर हाल में उससे अपनी ज़मीन वापस लेकर ही रहेगा।

कृषि शिक्षा के बारे में शहर में पढ़ाई के दौरान उसने काफी ज्ञान अर्जित कर लिया थाअब

इंटरनेट पर अच्छी व उपजाऊ फसल उगाने के तरीकों की जांच पड़ताल की व उपयोगी जानकारी हासिल की। अपने घर के पास वाली बंजर पड़ी ज़मीन में पूरे परिवार ने मेहनत करके बीज डाले। इस साल अच्छी बारिश होने की वजह से उसकी जमीन में संतोषजनक फसल हुई। इतनी कि घर के खर्चों के बाद कुछ रकम बच भी गई।

उन पैसों से उसने एक भैंस खरीद ली। जिससे बच्चों को लिए दूध, घी मिलने लगा। जो बच जाता वो डेयरी फार्म में बेच देता।

सच ही कहते हैं कि शिक्षा कभी व्यर्थ नहीं जाती और ये बात सुजीत ने साबित कर दी। कुछ ही समय में उसे सफलता प्राप्त करते देख गाँव के अन्य शिक्षित युवा उससे बहुत प्रभावित हुए। शहर भागने के बजाय अब वे सुजीत के पास खेती किसानी व पशुपालन के गुर सीखने आते तथा स्वयं भी अब गाँव में ही पशुपालन, खेती, बागवानी आदि करने लगे।

जब ईमानदारी व लगन से कार्य किया जाता है तो सफलता कदम चूमती है। गांव के युवा किसानों की मदद एवं मेहनत से सुजीत ने फारेस्ट हार्वेस्टिंग के जरिये बारिश के पानी को इकट्ठा करके साल के अन्य महीनों में बारिश

के पानी का सदुपयोग की राह बनाई जिससे सभी को फायदा मिले। गांव में नालियों का समुचित निकास तथा घरों के आगे फुलवारी व पिछले हिस्सों में बागवानी के सुझाव को प्रत्येक व्यक्ति ने अपनाया। घर की स्त्रियां भी घर में रह कर तरकारी भाजी उगाने लगीं जिससे उनके घरों की आमदनी में बढ़ोतरी हुई।

सुजीत की समझदारी, होशियारी, विनम्र व्यवहार तथा निस्वार्थ भाव से की गई सहयोग भावना ने पूरे गाँव वालों का दिल जीत लिया। उसकी बेदाग उज्ज्वल छवि तथा कामयाबी की चर्चा जमीदार के कानों तक भी पहुँची। दंभ के वशीभूत उसने सुजीत की ख्याति को नजरंदाज कर दिया। उसे सुजीत की प्रसिद्धि से ईर्ष्या भी होने लगी थी।

गाँव में प्रति वर्ष आषाढ़ी मेले का आयोजन होता था जिसमे हर साल मुख्य अतिथि जमींदार को बनाया जाता था। परंतु इस बार युवा किसानों व कुछ गाँव वालों ने सुजीत को मुख्य अतिथि के लिए चुना। ये खबर जब जमींदार तक पहुँची तो वो तिलमिला गया। उसने सुजीत को सबक सिखाने की ठानी। मेले के ठीक एक दिन पहले मूसलाधार बारिश होने लगी। किसान खुशी से जश्न मनाने लगे। सुजीत अपने घर में अनमना सा बैठा था। पिता ने जब पूछा तो टाल गया। फिर एकदम से उठ कर बाहर चल दिया।

“अरे रे...इतनी तेज बारिश हो रही है और तुम कहां जा रहे हो?”

"कहीं नहीं बापू, बस मुरली(खास दोस्त)के घर जा रहा हूँ कल मेले की व्यवस्था के संबंध में कुछ बात करनी है।"

मुरली और अपने चार पाँच मित्रों को साथ लेकर सुजीत सीधा जमींदार की हवेली में पहुँचा। वहाँ गेट पर उसके मुस्टंडे पहरेदार खड़े थे। उन्होंने उन दोनों को रोकने की कोशिश की पर वे दनदनाते हुए अंदर घुस गए। जमींदार बैठक में तमाम कागजात लेकर बैठा था। सुजीत और उसके साथियों को देख कर एकदम चौक कर उठ गया।

"तुम लोग अंदर कैसे आये, तुम्हें किसी ने रोका नहीं गेट पर?"

"प्रणाम जमींदार साहब!!"कहते हुए सुजीत ने उसको चरण स्पर्श किया। जमींदार एक दम से पीछे हो गया। उसे घबराहट हो रही थी पर प्रत्यक्ष में अकड़ते हुए बोला, "कहो, क्या काम है? कल के मेले के लिए कुछ मदद चाहिए?"

"नहीं ताऊ, बस हम ये चाहते हैं कि कल के मेले में अतिथि भार आप संभाले?"

"हैं? ये क्या बोल रहे हो? मुख्य अतिथि तो तुम्हें चुना गया है? फिर मुझे क्यों..?"

"आप हमारे बुजुर्ग हैं और गांव के सम्माननीय व्यक्ति और जमींदार भी हैं। आपके समक्ष मैं ये धृष्टता कैसे कर सकता हूँ। कृपया आप हमारे प्रस्ताव को स्वीकार करें।"

अब जमींदार की बोलती बंद थी। वो गहरी सोच में डूब गया।

बार बार आग्रह करने पर वह मान गया।

आसमान में सफेद भूरे बादल छाए थे। ठंडी हवाएं इतरा कर चल रहीं थी मानो वे भी मेले का आनंद लेने आई थीं। गांव की स्त्रियां और बालक बालिकाएं रंग बिरंगे वस्त्र पहने साजो सामान से सजी छोटी छोटी दुकानों में अपनी पसंद की वस्तुएं खरीद रहे थे। तभी माइक से आवाज आई कि सभी लोग एक मैदान में एकत्र हों।

मैदान में ऊँचे चबूतरे पर कुर्सियां लगाईं गई थीं जहाँ मुख्य अतिथि के साथ अन्य गणमान्य व्यक्ति विराजमान थे। सुजीत जमींदार के बगल में बैठा हुआ था। माला पहना कर जमींदार और अन्य विशिष्ट अतिथियों का स्वागत किया गया। जमींदार अपनी सीट से उठ कर माइक के पास जाकर खड़े हो गए। कुछ पल ठहरने के बाद गला साफ करते हुए उन्होंने बोलना शुरू किया, "मेरे प्यारे ग्राम वासियों, आप सभी का हार्दिक स्वागत है। आज के इस सुंदर आयोजन का सम्पूर्ण श्रेय सुजीत और उसके साथी किसानों को जाता है। आज मुझे ये कहने में जरा भी संकोच नहीं हो रहा है कि मैंने गाँव का जमींदार होकर भी इतने वर्षों में गांव व गांव वासियों का उतना भला नहीं किया जितना सुजीत ने अपनी सूझबूझ व समझदारी से चंद दिनों में ही कर दिखाया। आज हर घर में

खुशहाली है। गांव की कायापलट हो गई है। सब उससे खुश हैं। उसका सम्मान करते हैं व उसे बेहद प्यार करते हैं। ये सब सुजीत की मेहनत व निस्वार्थ सेवा व सहयोग व अच्छे व्यवहार एवं आचरण का ही प्रतिफल है।

आज हमारा गांव जिले के टॉप टेन स्वच्छ व समृद्ध गाँवो में चुना गया है। जिसकी औपचारिक घोषणा मेले की समाप्ति पर जिले के डी एम द्वारा की जाएगी।

हाँ, आज एक और घोषणा भी मैं करना चाहूंगा। जिन जिन किसानों की जमीनों के कागजात मेरे पास हैं मैं सभी को लौटना चाहता हूँ। मैं बहुत शर्मिंदा हूँ कि मैने अपने गाँव वालों के भोलेपन व अनपढ़ पन का गलत फायदा उठाया। मैं सुजीत और उसके पिता से भी माफी मांगता हूँ। मेरे इस कुकृत्य के लिए आप लोग मुझे जो सजा देंगे वो मुझे मंजूर है।"

ये कहते हुए वो सुजीत के सामने हाथ जोड़ कर खड़े हो गए।

सुजीत ने उनके हाथ पकड़ लिए।

सुजीत के मृदु व निश्छल व्यवहार ने जमींदार जैसे लालची, स्वार्थी, कुटिल व कठोर दिल वाले व्यक्ति का हृदय परिवर्तन कर दिया। गांव वालों ने जोर जोर से तालियां बजाकर अपनी खुशी का इज़हार किया। सुजीत के आँख के इशारे को समझ सबने जमींदार का स्वागत किया।

हर्षातिरेक में सुजीत के साथियो ने उसे कंधों पर उठा लिया और सब उसकी जय जयकार करने लगे। मेले का आनंद और भी अधिक बढ़ गया जब ढोल मंजीरे के साथ रिम झिम फुहारें पड़ने लगी। इस बार रतनपुर गाँव के किसानों की बारिश बड़ी सौभाग्यशाली रही।।

ग्रामवासी झूम झूम कर नाचने गाने लगे,

"दुख भरे दिन बीते रे भैया
अब सुख आयो रे
रंग जीवन में नया
लायो रे...!"

गणपत लाल उदय (दीवान)

व्यक्तिगत परिचय

पिता : स्वर्गीय श्री सोहन लाल उदय

माता : श्रीमति रामी देवी

पत्नी : कौशल उदय

वर्तमान में सी. आर. पी. एफ. में देश की सेवा कर रहे है। कविताएँ लेखन व कहानियां लेखन का शौक इन्हें बचपन से ही रहा है। फोर्स/सेना में होने के कारण आप साहित्य की दुनियां में अपने पाँव नही पसार सके। "उदय" जी सेना में आने के पहले लगभग तीन वर्ष प्राइवेट विधालय में अध्यापक का कार्य भी कर चुके है आप सांस्कृतिक कार्यक्रम और गाना गाने का शौक भी रखते है। अब तक छः दर्जन (72) से ज्यादा पुस्तकों में इनकी रचनाएँ प्रकाशित हो चुकी है। जैसे स्याही की आवाज, काव्य के मोती, हिंदी हमारी शान, शहादत को सलाम, माँ की महिमा, दृष्टि एक काव्य बेला, प्रेरणा, उड़ान, अभिनंदन मेघराज, यह देश है वीर किसानों का, धरती के भगवान, जंगल युग, गुरु महिमा, अंतर्मन की गूंज, नवधा भक्ति, मंजिल का सफ़र, हम भारतीय है, आदि। इनका यू- टयूब चैनल भी है जो Ganpat l a l Udai के नाम से है जिस पर अपनी कविताओ एवं गीतों को अपनी आवाज दी है। इनकी स्वयं की पुस्तक"सैनिक की कलम से" प्रकाशित है। इनको 150 से ज्यादा साहित्य सम्मानों से नवाजा जा चुका है। जैसे- श्रेष्ठ रचनाकार, काव्य कलरव, श्रेष्ठ बुद्ध सम्मान, काव्य श्री सम्मान, काव्य ज्योति सम्मान, शान्ति दूत सम्मान, हिंदी साहित्य रत्न सम्मान, साहित्य साधक सम्मान, प्रेम पथिक सम्मान, इंडियन बेस्टीज अवार्ड 2021 आदि।

सम्पर्क सूत्र : अराई अजमेर राजस्थान (भारत)

मोबाइल न : 9928324607

ई-मेल : ganapat l a l udai77@gmai l .com

हम गांव के किसान

हम हैं गांव के गरीब किसान
करते रहते हैं खेतों पर काम।
फिर भी मिलता ना पूरा दाम
लगे ही रहते हैं सुबह से शाम।।
पत्नी बच्चें और यह घरवाले
काम सभी यह करते हैं सारे।
मिलता है रोटी और ये प्याज
मिलकर खाते हम सब साथ।।
कड़ी धूप बारिश और हवाएं
कहर सभी ये हम पर ढ़हाए।
बहुत बार तो सूखा अकाल
करती धरती हमको कगांल।।
मानसून बना बारिश का आज
बरस रहा है इस वर्ष यह खास।
खिल उठे हैं चहरे सब के आज
चाहे बैल हो या फिर ये किसान।।
मूंग मोठ गेंहू चना और चावल
खेतो में यह किसान ही बोऐ।
जिसको खाकर आज देशों में
मानव अपना नाम यह कमाए।।
थोड़ा अनाज रखते हम पास
बाकी सारा बेच देते सरकार।
उससे भी वह टैक्स काटकर
हम सबको देती यह कलदार।।

गाँव

एक नजर देखो गाँव की और
हालत ठीक नही है चारों ओर।
जहर उगल रहा कोरोना आज
गाँव भी सुरक्षित नही है आज।।
गुस्सा भरा है हर एक-एक ठोर
सभी पड़े है अपनी-अपनी ठोर।
खाने को अनाज नही अब और
आखिर में कब मिटेगा यह शोर।।
तड़प रहे है आज गाँवो के लोग
पूछ रही है यह जनता सब ओर।
काम दिलादो हमें चाहे कुछ हो
खाने को मिल जाए यह रोटी दो।।
खेतों पर भी काम नही है आज
यह धरती बंजर हो रही है आज।
खींचातानी चल रही है सब और
गरीब पीस रहे है यहां चारों ओर।।
एक और एक मिलके होते हैं दो
लेकिन समझ रहें इन्हें ग्यारह वो।
मुंह देखते- रहते आपस में ही वो
अनाज नही रहा खाएं क्या वो।।
बचा हुआ कुछ भी नही है आज
गहना भी बेच दिया फिर आज।
फिर मदद सरकार करे एक बार
खेतों मे अनाज उगाएं इस बार।।

मेरा गाँव अरांई

एक कहावत बहुत ही पुरानी
बावन फोर्ट छप्पन दरवाजा।
आभा नगरी चन्दवा था राजा
जो था गाँव अराँई का राजा।।
वीर बहादूर और बलशाली
सेना जिसकी करे रखवाली।
धन- धान्य से गाँव था सम्पन्न
हीरे और मोती नही थे कम।।
कहते हैं यहाँ धन था अपार
सुख सम्पन्न थे सभी परिवार।
कई बार यहाँ लूट डाका पड़ा
गोरे ले गऐ थे सोने का घड़ा।।
आज भी है यह गाँव अराँई
आस- पास मे कस्बा है अराँई।
बाहर से आते कमाने कई लोग
मजदूरी एवं नौकरी करते लोग।।
गाँय भैंसबकरी और यह बैल
पालते है यहां अधिकतर लोग।
दूध दही मक्खन और ये धान
पैदा करते है यहां पर किसान।।
दूर- दूर तक यहां जमीन है कई
नाडी कोड्या और तालाब कई।
चले जाओ चाहे तुम बाहर कही
भूलते नही कोई यह गाँव अराँई।।

बन्द कर दो बाल-विवाह

खूब पढ़ाओं यह देनी एक सलाह
बन्द कर दो अब तो बाल–विवाह।
लड़का एवं लड़की होने दो जवान
ना करना बचपन में जीवन स्वाह।।

क्या सही गलत यह नही पहचान
अभी है यह कच्चे घड़े के समान।
चुनने दो इन्हें अपनी– अपनी राह
और चूमने दो ये गगन आसमान।।

शादी एवं सुहाग यह होता है क्या
बन्धन यह फेरों का मतलब क्या।
काजल–बिंदी, निर्जल व्रत है क्या
गुड्डा गुड़ियां का यह खेल है क्या।।

बचपनें में लगाओ न कोई विराम
बच्चा–बच्ची समझों दोनों समान।
पढ़–लिखकर बनाने देना पहचान
पकने देना इनको घड़ों के समान।।

अभी बेड़ियां पांवो में डालो ना दो
आंगन में चिड़ियां सा चहकने दो।
फूल बनकर इसे अभी महकनें दो
इस कोमल कली को टूटने ना दो।।

बुजुर्ग कभी बोझ नही होते

ये बुजुर्ग व्यक्ति कभी बोझ नही होते
नासमझ व्यक्ति इन्हें समझ न पाते।
परिवार की ढाल बुजुर्ग बनकर रहते
सबको सही सलाह विचार ये देते।।

असफलताएं भी सफलता बन जाती
इनके आशीष से काया पलट जाती।
परिवार की नींव इन पर टीकी रहती
बरगद जैसी छाया बुजुर्ग से मिलती।।

परिवार का हौसला इनसे बना रहता
हारी ये बाजी आशीर्वाद जीता देता।
मर्यादा में रहकर इनके दिल जीतना
धन–धान्य से वह भण्डार भरा पाता।।

खिल जाता है उपवन इनके बोल से
महक जाती क्यारी इनके सुझाव से।
बुजुर्ग का साया उन्हीं लोगों ने पाया
बनें है महान सभी उनके आशीष से।।

आशाओं पे टिका है जीवन वृद्ध का
हर सुख दिया है तुझको जहान का।
विपरीत परिस्थिति में भी ढाल बना
बुढ़ापे में भी पहरेदार बना द्वार का।।

बंटवारे का ख्याल

नहीं कोई रियासतें है ना हाथी- घोड़े
बंटवारा केवल है ये बर्तन थोड़े-थोड़े।
बंटवारे हुए जिनके अनेक हैं किस्सें
अब क्या समझाएँ तुम हो पढ़े लिखे।

बंटवारे के लिए हुआ यह महाभारत
दिन में होता युद्ध शाम पूछते हालत।
सभी परिवारों का आज यही सवाल
दो गज, जमीन हेतु जा रहे हवालात।

आज हर घर की यही एक है कहानी
किया माता- पिता ने जो यह कमाई।
दु:ख-सुख पाकर इन्होंने घर बनाया
उसके लिए झगड़ रहे यह भाई भाई।

दो भाई बंटवारे का मुद्दा लिए बैठें है
जो एक ही आतडी से कभी जन्में है।
ना आना लुगाई व औरों की बहकाई
आखिर तुम एक माँ के हीं भाई-भाई।

आज जिम्मेदारी किस ने नही उठाई
जो लुटाते थे जान कभी अपने भाई।
आज अपना खून कमजोर पड़ गया
अब ख़ून के प्यासे बनें है भाई-भाई।।

थोड़ा करों मदद और रहमत

जो मजदूर था वह आज मजबूर हो गया
ना रहा कोई काम वह बेरोजगार हो गया।
निर्भर था परिवार सारा उसकी दिहाड़ी से
रोजगार उस के हाथ से सारा दूर हो गया।।

इस महामारी को लेकर आया था अमीर
आज इस मजदूर को बेचना पड़ा जमीर।
पुश्तैनी जमीन गहना गिरवी रखना पड़ा
लाचार इस ग़रीब को बनना पड़ा फकीर।।

मेहनत करके कमाता फिर पेट ये भरता
दिन भर बारिश हो या तेज धूप में रहता।
क्या करे बेचारा किस्मत ने तमाचा मारा
घर में नही कुछ खाने को इसलिए मरता।।

थोड़ा करो यारों इनकी मदद और रहमत
दिखाओ थोड़ा दया भाव बदलो स्वभाव।
मिसाल कृष्ण और सुदामा जैसी बनाओ
उजड़ रहा है गांव उल्टा पड़ गया ये दांव।।

सुख-दुख सारी मन की माया

यह सुख-दु:ख सारी मन की माया
किस्मत का लेखा मिटे नही भाया।
जो आया उसको एक दिन है जाना
क्यों करतें हो मानव ये हाय माया।।

क्या है अपना यहां पर क्या पराया
किसी ने खोया तो किसी ने पाया।
सब कुछ छूट जाना यही पर भाया
ईश्वरीय माया कोई समझ न पाया।।

उस लीलाधर का यह खेत है सारा
हम सबको खेतों की सब्जियां प्यारी।
किसको तोड़ना और किसे छोड़ना
मालिक वो जानें हमारा है सहारा।।

यह सुख- दुख सारी मन की माया
कभी तो हरि कीर्तन करलो भाया।।
आना और जाना यह चलता रहेगा
पता ना चलता कब छोड़ दे काया।।

ये सुख-दुख एक जोड़ा है धरा पर
स्वयं ईश्वर प्रत्यक्ष आये धरती पर।
नही घबराएं कोई भी ऐसे कष्टों से
सुख-दुख बनाले परछाईं यहां पर।।

बनना है सेना का जवान

जन्म हुआ था जब मेरा इस धरती पर,
खुशियां नही थी परिवार के चेहरों पर।
लेकिन खुश था सारा यह प्यारा जहां,
ये धरती अंबर प्रकृति और गगन यहां।।

खुशी थी मेंरे मां एवं बापू के चेहरे पर,
लेकिन झलकी न खुशी दादू दादी पर।
फिर भी अहसान ईश्वर का हमने माना,
थी बेटी लेकिन ये लक्ष्य मैंने भी ठाना।।

मुझको नही चाहिए अब ऐसा परिवार,
नही करना बड़ी होकर सोलह श्रृंगार।
क्योंकि हमें बनना है सेना का जवान,
जिससे प्यार करता है ये सारा जहान।।

नही पहनना मुझे कगंना और पायल,
जिसकी वजह से दिल हुआ है घायल।
अब रचना है मुझे झांसी सा इतिहास,
करना है मुझको अब यह एक प्रयास।।

सेना में लड़कें एवं लड़की होते समान,
देनी पड़ी देश के खातिर दे दूंगी जान।
अपनों की नही वतन की बनूंगी शान,
देशों में यही देश है भारत एक महान।।

रूबी गुप्ता

व्यक्तिगत परिचय

जन्म तिथि	: 01/01/1981
जन्म स्थान	: बिहार खुर्द समऊर बाजार, कुशीनगर।
पिता	: श्री भानुप्रकाश गुप्ता
माता	: श्रीमती रमावती देवी
पति	: श्री सत्येन्द्र कुमार
पुत्र	: सत्यम कुमार एवं शिवम् कुमार।
शिक्षा	: बीएससी, बीएड, एम ए (शिक्षा शास्त्र)।
सम्प्रति	: प्रधानाध्यापक, बेसिक शिक्षा परिषद उत्तर प्रदेश।
शौक	: लेखन व गायन।
लेखन विधा	: लघु कथा, गीत, गज़ल व कविता।
पता	: दुदही कुशीनगर, उत्तरप्रदेश, भारत पिनकोड- 274302
मोबाइल नम्बर	: 9935657674
प्रकाशित कृतियाँ	: अनुभूति, दो टूक जिंदगी, उत्तर आधुनिक काव्य व कहानियाँ साझा (कहानी संग्रह), महामारी एक युद्ध-लेख व आलेख विशेषांक इत्यादि पुस्तकों का प्रकाशन।
आगामी कृति	: मै रूबी (एकल कविता संग्रह)।
प्राप्त सम्मान	: अनुभूति सम्मान 2020, प्राची डिजिटल पब्लिकेशन से विभिन्न साहित्यिक सहभागिता सम्मान। मां भारती कविता महायज्ञ विश्व कीर्तिमान 2821 में सहभागिता हेतु 'काव्य सारथी सम्मान'। वर्ल्ड बुक आफ रिकॉर्ड लंदन द्वारा सहभागिता सम्मान।
ईमेल	: rubi.gupta206@gmail.com

गाँव

जो रेत मे चले वो, मुझको नाव चाहिए,
रातें उजाला कर दे वह प्रभाव चाहिए।

मैं फिर से भूल जाऊँ सारी मंजिलें मुकाम,
आँचल हो माँ की मुझको वही छाँव चाहिए।

मिट्टी में लोट लोट कर खेले थे साथ में,
बसर हो सभी का मुझको वही गाँव चाहिए।

लिपट के महके मिट्टी से, सबको हवा की गंध,
खेतों में दौड़ता मुझे वहीं पाँव चाहिए।

रूक जाये फ़िक्र जिंदगी की, हो जहाँ ख़ुशी,
रहे साथ बालपन वहीं पड़ाव चाहिए।

गुज़रे नहीं दिवस कोई बिना जिये मेरा।
रूबी हूँ जिन दिलों की वही ठाँव चाहिए।

मुक्तक

जीवन–झरना करता हल चल।
बह रहा निरन्तर हो बेकल।।
उसमें सपनों को देख रहा।
इक दूरदृष्टा मानव हर पल।।1।।
झरना जैसा ही जीवन है।
बचपन बेला इक मधुवन है।।
बूढ़ा तन पीर समन्दर सा।
तरूणाई भरा एक यौवन है।।2।।
थकने का कोई नाम नहीं।
रूकने को कोई शाम नहीं।।
समय निरन्तर भाग रहा।
पथ पर अपने आराम नहीं।।3।।
सूरज चंदा, अम्बर भारी।
नभ थल जल अरु धरती प्यारी।।
सृष्टि के लिए समर्पित है।
ईश्वर की ये कृतियाँ सारी।।4।।
जब साथी इक मिल जाता है।
सावन भादों सब भाता है।।
हर राह सुनहरी लगती है।
मन पल भर ना घबराता है।।5
है सत्य सदा हम राही हैं।
चित्त से हम अपने शाही हैं।।
पर ईश्वर सबका मालिक है।
हम उसके नेक सिपाही है।।6।।

गीत

प्रियतम् तेरा गीत लिखूँ मैं,
साज हमारी धड़कन हो।
नेह सजा दूँ सेज पे तेरी,
जीवन तुझ पे अर्पन हो।

मिलते औ, बिछड़ जाते हैं।
यह तो दुनियादारी है।
प्रीति सजाकर दिल में रख लो,
इतनी चाह हमारी है।
फिक्र की बाधा तोड़ के जी लो,
जैसे अपना बचपन हो।।
नेह सजा दूँ सेज पे तेरी,
जीवन तुझ पे अर्पन हो।

चंचल मन है निश्छल पावन,
इसको तुम स्वीकार करो।
मीरा हूँ मैं मनमोहन की,
गिरिधर बन साकार करो।
हर पल हर दिन, और हर युग में,
साथ हो तुम तो सावन हो।।

नेह सजा दूँ सेज पे तेरी,
जीवन तुझ पे अर्पन हो।

मुसाफ़िरखाना

हम मुसाफिर ही तो हैं,
चलते रहते हैं,
अनवरत जिंदगी की राह पर।
मिलते रहतें हैं,
हमें अनगिनत राही,
होती है गुफ्तगू भी,
फिर चल पड़ते हैं,
सब अपने रास्ते।
कभी-कभी तो कुछ रिश्ते भी
बन जातें हैं उनसे।
कभी चिर परिचित होते हैं
कभी होते है सब अनजाने।
मिलना और बिछड़ जाना,
है प्रकृति का नियम शायद,
कुछ भूल भी जातें हैं,
और कुछ भुला दिये जाते हैं,
मगर फिर भी,
कुछ को कहाँ मुमकिन है,
कभी भुला पाना।
न जाने क्या सच है,
और क्या है फसाना।
मगर जीवन के रंगमंच पर,
सब मुसाफिर हैं,
और संसार है,
बस एक मुसाफ़िरखाना।

गज़ल

मुल्क़ से इश्क़ जिन्हें होता हैं
चैन से फिर वो कहाँ सोता है।

है शाहदत ही दुल्हन उनकी,
और विदाई पर मुल्क रोता हैं।

गर मुहब्बत कोई निभाता है,
नूर इबादत कहाँ खोता है।

शान तिरंगे में लिपटा आऊँ
ख़्वाब दिल में यहीं सँजोता है।

जिनकी महबूब मौत होती है,
नज्में अंदाज़ ज़ुदा बोता है।

रूबी की रंगतें शिफ़ा उनपर,
रहमते मोतियाँ पिरोता है।

गीत

चलो फिर से कहीं हम, गुम हो जायें।
बस तुम हमको बस हम तुमको नजर आयें।

उड़े पंक्षी बन, नील गगन में हम।
चह चह चहके हम, पंख फैलाये।
भूलें दुनिया को, सारे रिश्ते भी।
बस एक दूजे में, हम खो जायें।
चलो फिर से कहीं हम गुम हो जायें।

लिये अंगडाई मन, मयूरा नाचेगा,
छनन छन धड़कन भी कहीं फिर बाजेगा।
खुलेंगी गाँठे भी, कोई दिल हारेगा।
हमारी बातों की, लगन अब लग जाये।
चलो फिर से कहीं हम गुम हो जाये।

मैं तुलसी तेरे आँगन की

ना मैं सीता रामचंद्र की।
ना राधा हूँ मैं कान्हा की।
किया समर्पित जीवन तुमको।
मैं तुलसी तेरे आंगन की।

मेरी डाली के हरियाली,
सुन्दर उपवन के तुम माली।
गुन अवगुन स्वीकार किये तो,
महके खुशबू चंदन की।।

रोम रोम में वास तुम्हारा।
धड़कन तेरी श्वास तुम्हारा।
मैं तो तेरी वाम अंग हूँ,
सदा सदा से साजन की।
मैं तुलसी तेरे आँगन की।

जीत

जब कुछ करने की तैयारी हो,
और कर्म का पलड़ा भारी हो।
मनचाहा फल मिलता है,
संघर्ष जो खुद से जारी हो।

ज्ञान का पलड़ा भारी रखो,
पढ़ना खुद को जारी रखो।
जाने कब संघर्ष हो जीवन,
लड़ने की तैयारी रखो।

हार मिले या जीत मिलेगी,
तुमको सीख सुमित मिलेगी।
कर्म पथिक बन बढ़ते जाओ,
मंजिल बड़ी पुनीत मिलेगी।

मन को अपना मीत बना लो,
कदम ताल संगीत बना लो।
मंजिल देख तुझे मुस्काये,
ऐसी अपनी जीत बना लो।

शैलेश सिंह 'शैल'

व्यक्तिगत परिचय

जन्म तिथि	:	10-07-1985
जन्म स्थान	:	गोरखपुर
पिता	:	श्री लालजी सिंह
माता	:	श्रीमती सुशीला देवी
पत्नी	:	अनु सिंह
शिक्षा	:	एम.ए. परफॉर्मिंग आर्ट, डिप्लोमा ऑफ ऑप्टोमेट्री
सम्प्रति / कार्य	:	लेखन, नेत्र परीक्षक
लेखन विधा	:	कहानी, कविता, उपन्यास, लेख, भजन, गीत।
प्रकाशित कृतियाँ	:	साझा संग्रह- लघुकथा प्रदीप, पिटारा।
प्राप्त सम्मान	:	प्रतिलिपि पर कई कहानियाँ पुरस्कृत,
पता	:	ग्राम बुढियाबारी, पोस्ट दोहरियां बाजार, जिला गोरखपुर, उत्तर प्रदेश 273015
ईमेल	:	shai l writer@yahoo.com
दूरभाष	:	8460722274

बेनजीर- बूढ़ी माई की कहानी

माँ बहुत भूख लगी है खाना है, मैं घर मे घुसते ही माँ को बोला।

शाम के पांच बजे जब मैं खेलकूद कर आया तो माँ इंतजार ही कर रही थी हाथ मे डंडा लेकर, '' हां आओ खाना तो मिलेगा ही साथ मे बोनस भी और डंडा लेकर मेरे पीछे- पीछे और मैं माँ को परेशान करता हुआ आगे- आगे .. जब थकहार कर एक जगह बैठ जाता और फिर अम्मा से बोलता ' अम्मा अब दो चार मार ही दो, नही तो रात को नींद नही आएगी, पर अम्मा मारती नही थी, बस समझाती थीं, बेटा ज्यादा इधर उधर मत जाया करो। पढ़ाई में ध्यान दो। देखो तो जरा हाथ पैर कैसे गंदे हो गए है, जाओ अच्छे से धुल कर आओ।

अम्मा माई आई है . मैं जोर से चिल्लाता हुआ नल पर चला गया, हाथ पैर धुलने के बाद मैं अंदर भागा और अम्मा से बोला ' अम्मा अम्मा- माई आ गई खाना बनाओ, जल्दी।

अरे हां बाबा, माई को बोलो थोड़ा बैठे, और बस थोड़ी देर इंतजार के बाद खाना बन जायेगा। जब खाना बन कर तैयार हो जाता तो अम्मा माई के लिए खाना लेकर आती, और सबसे पहले हाथ पैर धुलवाकर अच्छे से सूखे कपड़े से पोछती और फिर खाना खिलाती, खाना खाने के बाद माई का बिस्तर लगता और मैं बिना माई से कहानी सुने उसे सोने नही देता। कभी कभी माई को तंग भी करता, माई के एकमात्र झोले को हमेशा खींचता और कहता माई आखिर झोले में कौन सा खज़ाना है, मुझे देकर जाना।

मैं छोटा था, मैने कभी भी अम्मा से सवाल नही किया कि माई कहाँ से आती है, क्या उसका कोई अपना नही, उसका खुद का घर नही। हमे तो जब भी माई आती अच्छा लगता और कहानियां सुनने को मिलता। माई ने सोमवार का दिन तय किया था मेरे घर आने का, बाकी के छः दिन वो कहाँ रहती मैने कभी सवाल नही किया। माई बड़े चाव से कहानियां सुनाती और सोते सोते आशिर्वाद देती, बेटा तू पढ़ लिख कर बड़ा साहब बनना, कलेट्टर बनना। मैं भी खुश और माई भी खुश। एक अलग ही लगाव था मेरा और माई का।

एक दिन मैं घर के बाहर नल पर गया और फिर मस्ती करने लग गया। नल के पास अमरूद के पेड़ पर चढ़ गया और पेड़ पर ही बैठ कर अमरूद खाने लगा। छह बजे चुके थे पर अभी तक माई नही आई। मेरी नजर अमरूद के पेड़ पर से ही मेरे घर के द्वार पर थी, आज माई आने वाली थी, मैं झट से पेड़ से नीचे उतरा और अंदर गया, तो अम्मा आग बबूला हो गई, अभी तक हाथ पैर नही धुला. रुक अभी बताती हूँ हर समय मस्ती।

मैं फिर बाहर गया और अच्छे से हाथ पैर धुल के आया, तौलिए से पोछने के बाद, मैं अम्मा से बोला, अम्मा '

हाँ बोलो, अब क्या है?

अम्मा ' आज माई नही आई,

कौन माई??

अम्मा वही जो हर सोमवार को आती है अपने घर।

कही रह गयी होगी'' अम्मा मुझे प्यार से बोली, तुम खाना खाओ माई कहीं रह गयी होगी. किसी और के घर।

हां अम्मा .. पुन: मैं बोला, पर ऐसा पहली बार हुआ है।

तो? क्या हुआ खाना खाओ और पढ़ाई करने बैठ जाओ।

मैं खाना खाकर लालटेन के उजाले में पढ़ने बैठ गया, पर रह–रह कर माई के बारे में सोच रहा था। माई पहली बार मेरे घर आई थी जब मैं पैदा हुआ था। ऐसा मेरी अम्मा बताती हैं, दादी ने मरने से पहले माई का खूब सेवा सत्कार किया था, और मरते मरते अम्मा बापू को बोलकर गई कि इस बहन का, मतलब माई का खूब ख्याल रखना, और तब से अम्मा माइ का ख्याल रखती हैं। माई ने वादा किया था कि प्रत्येक सोमवार की शाम को वो आएगी और सुबह चली जायेगी। इस तरह से माई का मेरे घर पर आना शुरू हुआ था।

सेवा सत्कार का सिलसिला शुरू हुआ था। माई बस रोटी के दो चार निवाले हीं खाती थी, पर आशिर्वाद भर भर के देती थी। आज माई का आशिर्वाद नही मिला तो दिल में अजीब हलचल थी। आज साप्ताहिक कहानियां कौन सुनाएगा। किसी तरह से नींद आई,

सुबह हुआ, मैं स्कूल गया, वहाँ पर भी मन नही लगा, फिर शाम को घर आते ही, अम्मा से पूछा, अम्मा! माई आई थी क्या??

और अम्मा ने कोई जवाब नही दिया!!

मैं फिर उदास हो गया।

और स्कूल का बैग एक तरफ रखकर सीढ़ियों पर बैठ गया, और सोचने लगा, आखिर माई क्यों नही आई। कहाँ होगी माई। मैं मायूस था, क्या खो गया था मेरा?

इस तरह से एक महीने निकल गए, पर माई का कुछ पता नही चला। मैं उदास रहता और प्रत्येक सोमवार की शाम को अमरूद की पेड़ पर चढ़ कर माई का इंतजार करता, पर माई नही आई।

एक शाम जब मैं खाना खा रहा था तो बापू ने धीरे से अम्मा से कहा, माई अब इस दुनिया में नही रही।

क्या?? मैने सुन लिया था, और चौक कर पूछा

क्या हुआ माई को बापू,

बेटा माई अब नही आएगी, वो अब इस दुनिया मे नही रही।

नही, ऐसे कैसे, मैं रोने लगा,

और अम्मा चुप कराने लगी,

अम्मा ये गलत है, ऐसे कैसे माई बिना बताए जा सकती है, माई, ओ माई, मैं रो रहा था, और अम्मा के आंखों में भी आंसू थे।

अम्मा माई को देखना है, बापू झूठ बोल रहे हो। अब मुझे कहानी कौन सुनाएगा, अब मैं रोटियाँ किसे खिलाऊंगा, हु हुउ उ उ... बापू ने आगे जो बताया वो दिल दहला देने वाला था, माई की गठरी को चोरों ने छीन लिया था, उन्हें लगा गठरी में कुछ होगा। छीना झपटी में माई को चोट लगी थी और माई स्वर्ग सिधार गई।

आठ वर्ष का बालक कितना सोच सकता था, उस रात भी ठीक से खाना नही खाया था। और नींद भी ढंग से नही आई। महीनों तक माई की याद आयी, फिर धीरे धीरे याद धुंधली पड़ने लगी। आज भी कभी कभी माई की याद आती है। माई ने मेरे लिए अनमोल कहानियाँ छोड़ गई थी, सच्चे, अच्छे और शिक्षाप्रद कहानियां।

स्त्री तेरी यही कहानी

कहानी जीतन के बड़ी बहू बउकी की है जिसे परिवार ने हमेशा तिरस्कार भरी नजरों से देखा।

जीतन गांव में घर घर जाकर बाल काटने का काम किया करता था, तीन बेटे थे पर किसी ने उनका पुस्तैनी धंधा नही अपनाया। बाल काटना, और जजमानी यही उनके कमाई का साधन था। जीतन नाउ की पत्नी भी उनके साथ शादी ब्याह में रश्मो रिवाज के काम काज किया करती थी।

किसी तरह से गुजर बशर होता था, न तो जमीन थी ना जायदाद, कोई भी लड़की वाला जीतन के घर उनके बेटो से शादी को तैयार न था, शादी चिंता का विषय बना रहता था। बेटे बड़े और मुस्टंडे हो गए, पर थे तीनो काम काजू और कमाई वाले।

बड़ा बेटा सुखी और बीच वाला भीखू बम्बई में रहते थे और वही कुछ काम करते थे, और छोटावाला बढई का काम करता था। उसके हाथों में हुनर था, जिस के घर जाता कुछ न कुछ अच्छा काम करके ही आता। समय हाथ से निकलता जा रहा था। शादी ना होने की वजह से घर मे तनाव होते रहते। झगड़ा होता। तानो की बौछार और पिता को गालियां उस घर मे आम थी।

गर्मी का मौसम था, मैं अपने घर के बाहर पेड़ के नीचे अपने कुछ साथियों के साथ कांच की गोलियों से खेल रहा था, अचानक में शोर शराबा सुनाई दिया, मेरी नजर भी जीतन नाउ के घर के तरफ पड़ी। मैं भी दौड़ कर भीड़ में शामिल हो गया, बच्चे खुशी से शोर मचा रहे थे, तालिया बजा रहे थे। पहले तो माजरा समझ नही आया, उम्र भी इतनी नही थी कि कुछ समझू, मैं भी भीड़ में शोर मचाने लगा।

जीतन काका लड्डू लाओ, घर मे बहुरिया आई है।

जीतन काका लड्डू लाओ घर मे बहुरिया आई है।

तो असल मे मसला ये था, भीखू शहर से शादी कर के दुल्हन ले के आया था, सजी संवरी दुल्हन अच्छी लग रही थी, बच्चे शोर मचा रहे थे। आस पास की औरते भी शोर सुनकर जीतन के घर मे घुस गई।

चारो तरफ कौतूहल था, खुसर फुसर भी,

किसको लाया?

कौन जात होगी???

अच्छी तो लग रही है ...!

शहर की है ना इसलिए?

नखरे वाली होगी फिर तो??

दस मुँह दस बाते, लोग तांता लगाकर निहार रहे थे बहुरिया को।

किसी ने कहा गाओ जी गाओ,

'मंगल गीत गाओ जी।

हांजी दुल्हन आई रे।

थोड़ी खुशियां मनाओ जी।

'अजी कोई पानी लाओ जी,

'अजी परिछावन कराओ जी,

'घर मे बहुरिया आई है,

जीतन नाउ को तो कुछ समझ मे ही नही आया, धीरे धीरे भीड़ कम हुई, शाम के पहर में जीतन के घर में शोर शराबा हुआ, बाप बेटे में कहा सुनी हो रहीं थी, इसी शादी की बात को लेकर, भीखू अपनी पत्नी को भगा कर लाया था, अब वो भी क्या करता, शादी तो हो नही रही थी।

किसी तरह से परिवार को स्वीकार करना पड़ा, और सच बात तो ये थी कि सब कुछ ठीक ठाक हो गया, जरूरत भी थी सभी को एक बहु की।

समय का चक्रवात बदला, और सुखी और छोटे बेटे गोली की भी शादी हुई, जीतन खुश था, क्योकि समाज के बनाये रीति और रिवाज से सूखी और गोली की शादी हुई थी। भीखू अपनी पत्नी को छोड़कर बम्बई रहता था, और सुखी और गोली गांव में। सुखी भी अब गांव के चौराहे पर एक दुकान खोल रखा था।

भीखू की पत्नी किसी और समाज, भाषा और परिवेश से थी, उसको यहाँ की आबो हवा में ढल पाना आसान नही था। उसको बाकी के परिवार वाले बहुत सताते थे, चाहे वो जीतन हो उसकी पत्नी हो या बाकी की दो बहुएं, समझदार ना होने की वजह से उसको बउकी बुलाते थे, और बुलाते बुलाते उसका नाम ही बउकी पड़ गया। ऐसा नही था कि उसे देश दुनिया का ज्ञान नही था, पर प्यार के अभाव और परिवार के दुत्कार ने उसे बउकी बना दिया था।

बउकी मेरे घर पे आकर मेरी अम्मा के पास रोते रोते बतियाती, अपने घर समाज के बारे में। कभी कभी तो अम्मा को बीच बचाव में जाना पड़ता था, जब बउकी की पिटाई भी होती। भीखू कभी कभी गांव आता था और वैसे तो पता नही कौन सी दुनिया मे था, न घर की सुध लेता और न बउकी की। बउकी के दो बेटे भी हुए, घर के सबसे बड़े बेटे, जीतन के बुढ़ापे का सहारा, अब ऐसा लग रहा था कि शायद बउकी की जिंदगी पलटे, पर ऐसा कुछ भी हुआ नही बल्कि अब तो और दाने

दाने को तरसती बउकी। सुखी और छोटे बेटे को बिटिया हुई थी तो घर मे बउकी के बेटो को सम्मान मिलता जिसकी वजह से सुखी की पत्नी बउकी को सताती।

घर मे अब किसी वस्तु की कमी नही थी, पर उस अबला के लिए सभी वस्तुओं का अभाव था। परिवार वाले या टोला वाले सब बउकी कहकर बुलाते। परिवार से तो वो पूर्णतः उपेक्षित थी, टोलावाले या मेरे घर से उसको कभी कभी प्रोत्साहन और तीज त्योहार पर खाने को मिल जाता, वो भी चोरी छिपे, अगर उसके घरवालों को पता चला तो और पिटती थी बउकी।

उसकी कोई संगी साथी नही, कोई सहेली नही, कोई हित- दोस्त नही, जिंदगी में कोई खुशहाली नही, कोई हरियाली नही कोई दीवाली नही, न तो होली के रंग और न तो कोई तीज त्योहार। एक चुटकी सिंदूर के अलावा मैने कभी उसे कोई सृंगार करते नही देखा, उसे देखते देखते बचपन से बड़ा हो गया पर कभी कोई नई साड़ी पहने नही देखी। ऊसर सी जिन्दगी हो गई थी उसकी। त्योहार में अम्मा उसे बुलाकर खिलाती पिलाती थी। समझाती भी थीं कि तुम्हारी भी जिंदगी बदल जाएगी, उसका एक ही जवाब होता।

हमार कछु नाही होई, हम हिया आके फसी गइली। हमार जिंदगी मा कउनो सुख नाही चाची। हमने बहुत गलत किया अपने माता पिता का घर छोड़कर, पर मैं भी पागल थी इस भीखू पर, मुझे इस नरक में छोड़कर चला गया। भगवान से मनाती हु कि बच्चों को जल्दी बड़ा कर दे, और मुझे बुला ले।

वो बहुत रोती पर उसकी आँखों से आँसू का एक कतरा भी नही बहता, आँसू तो कब के सुख गए थे। पीड़ा, उत्पीड़न की शिकार बउकी को कभी मैंने मुस्कुराते नही देखा। अगर हम कभी कुछ मजाक भी करते तो प्यार से जवाब देती, पर उसके प्यार में भी दर्द झलकता था, बहुत कम बोलती थी। जानवर बना के खूंटे से बांध दिया था भीखू अपने घरवालों के लिए।

एक दिन वो छत के मुंडेर से गिर गई और बहुत चोट आई, खटिया पकड़ लिया उसने, ये दिन उसके लिए बहुत भारी थे। उसका बेटा उसकी देख रेख करता था, उस बेचारी से शायद भगवान भी रूठे थे।

उसके लिए कोई भी नही था। धीरे धीरे वो कुपोषित होती गई। घरवालों से उपेक्षित होने की वजह से चिंतित रहती, और एक दिन उसे भगवान ने बुला ही लिया। बउकी अब नही थी इस दुनिया मे। इस लोभी संसार से मुक्त हो चुकी थी।

पंचायत

बंशु ने सोचा भी नही था कि उसकी ये गाय भी मर जाएगी और जिंदगी का सबसे बड़ा बोझ देकर जाएगी। गाय के मरने में दोष किसका दे, गाय का, ईश्वर का या बंशु का। बहुत ही सीधी सी बात थी, लोग कहते थे कि बंशु जो भी गाय या पशु लाता है वो ज्यादा दिन तक कहाँ रहती है। बंशु भी क्या करता आदत से मजबूर, खेत, खलिहान, जमीन जायदात, एक अच्छा सा घर था, गौशाला थी। बंशु के पिता ने उस इकलौती जान के लिए काफी कुछ छोड़ रखा था।

अच्छे भले चार लड़के और दो लड़कियां थी। बंशु की बीवी का बंशु के साथ अगाध प्रेम था, गांव वाले उन दोनों के प्रेम व्यवहार की खूब चर्चा करते थे, परंतु जहाँ यह अच्छी चर्चा थी वही जब कभी बंशु के गौशाला में कोई पशु मर जाता तो लोग उसे कोसते, गालियां देते और कई बुजुर्ग समझाते भी। बंशु की कोई शराब, जुआ या कोई गलत आदत नही थी, पर वह पशु प्रेम में लीन अपने ज्यादातर खेत बेच चुका था, एक ही आदत थी, अच्छी कहें या बुरी, पशु बेचना और खरीदना, इस आदत ने बंशु को बुरी तरह कंगाल करने पर उतारू हो गया था। वह महंगा से महंगा पशु खरीद कर लाता। और बेचने कर समय में सस्ते में बेच आता था।

जब इस व्यापार में वह सफल न हुआ तो घर बैठ गया और उल्टा सीधा काम करने लगा। उसके घर पे हमेशा दो या तीन पशु तो रहते ही थे। उनमे से एक दो तो दूध वाले पशु होते और एक जोड़ी बैल या एक घोड़ा। घोड़े का भी शौकीन था बंशु, अच्छे से अच्छे नश्ल के घोड़े लाता था। पर कुछ महीने बाद बाद पशुओं की हालत खराब हो जाती थी, देख रेख या खान पान ठीक से न हो पाने की वजह से पशुओं की ऐसी हालत हो जाती थी कि वो मरने के कगार पर पहुंच जाते थे।

एक दिन बंशु एक नई गाय खरीद कर ला रहा था। रास्ते मे मुखिया काका मिल गए।

क्यों रे बंशु, ये वाली गाय कहा से ला रहा है, मुखिया काका ने बंशु को देखते बोला–

मुखिया जी, दुबे बाबा के वहाँ से, कितने में खरीदी, मुखिया काका बोले,

तीन सौ में!! बंशु के चेहरे पर खुशी झलक रही थी,

अच्छा!!! मुखिया काका आश्चर्य में बोले– परंतु इस गाय को कोई मुफ्त में भी न ले।

क्यों काका, क्या खराबी है इस गाय में??

अब एक हो तो बताऊ, मुखिया काका बोले। क्या ये दूध देती है???

बंशु तुरंत बोला, नही नहीं, पर ये जल्दी हीं दूध देने लगेगी।

फिर मुखिया काका मरियल सी गाय को देखकर बोले, अगर इस गाय को कुछ हुआ तो, देख

लेना, हम तुम्हे पंचायत में घसीट कर ले जाएंगे,

क्यों काका?? बंशु बोला!!

फिर मुखिया काका बोले, तुम ये अच्छी तरह जानते हो बंशु, कि तुम्हारे पास पशु ज्यादा दिन तक नही टिकते, तुम औने पौने दाम पर पशुओं को खरीद कर लाते हो और देखभाल कर नही पाते, नही मुखिया जी, इस बार ऐसा कुछ नही होगा, ठीक है, मेरी बात अपने जेहन मे रखना।

बंशु की बीवी ने गाय का स्वागत किया, पूजा सत्कार किया। नाद पर बांध कर खिलाया पिलाया, और फिर गौशाले से घर आ गया। गौशाले और घर के बीच की दूरी बस पचास कदम के दूरी पर ही थी।

सुबह से शाम हुई, फिर रात हुई और रात से सुबह, बंशु अपने परिवार के साथ पास वाले गांव में एक शादी समारोह में गया था, सुबह बंशु को अचानक में याद आया गाय देते समय दुबे बाबा ने दवा के साथ साथ हिदायत भी दी थी कि गाय बीमार है, उसे समय पर दवा दे देना। बंशु भागा भागा गौशाले पहुँचा, उसकी धड़कने तेज थी, हांफ रहा था वो। गौशाले में गाय को देखकर उसकी सांस अटक गई, गाय जमीन पर लेटी पड़ी थी, वो गाय के पास गया, उसने गाय को देखा, गाय की धड़कने बंद हो चुकी थी, गाय मर चुकी थी।

बंशु पछाड़ खाकर गिर पड़ा, उसकी एक गलती की वजह से आज वो ये पाप कर बैठा था। उसकी आँखों से आंसू निकल आये।

मुखिया के चेहरे पर कुटिल मुस्कान थी, पंचायत की बैठक में बंशु मुह लटकाए खड़ा था, उसका बेटा भी अपने पिता के साथ अपराधी बंनकर खड़ा था।

पंचों, जैसा कि मैंने पहले कहा था, बंशु के घर पर आए दिन कोई न कोई पशु मृत्यु को प्राप्त होता है।

हा हा मुखिया जी, अपने सही कहा... एक और आदमी उठ कर बोला, बंशु के घर पशुओं का मरना, घोर अकाल का संकेत है।

बंशु तो खुद पाप का भागी बन ही रहा है, और गांव वालों को भी बना रहा है, .. एक और आदमी बोला।

बंशु तुम्हे कुछ बोलना है?

बंशु चुप रहा! कुछ न बोल!!

बंशु चुप्पी बांध कर कुछ नही मिलेगा। कुछ बोलो।

ये क्या बोलेंगे, अचानक तमतमाते हुए बंशु का पंद्रह वर्षीय बेटा बोला, इनको बहुत पड़ी रहती

है बेजान पशुओं को पालना, जिनका कोई नही उनको आसरा देना, लावारिस पशुओं को खिलाना पिलाना। अब अगर बूढ़े, बीमार पशु मर गए, तो इनमें इनका क्या दोष,

हम समझ सकते है नीरो, तुम बाप के समर्थन में भावुक हो गए हो, पर पिछले दो साल में सात से आठ पशुओं का मरना, कोई ऐसी वैसी बात नही है, बंशु की लापरवाही और गैर जिम्मेदारी का नतीजा है।

मैं कहाँ कुछ कह रहा हु, मैं भी तो बापू को यही समझाता था, नीरो उखड़कर बोला, रास्ते पर छोड़े गए जानवरो को घर लाकर पालन करना ठीक नही। पर बापू माने तो न।। बिना दूध वाले पशुओं को खुले खेतो में कौन छोड़ता है, मेरे बापू या कोई और??

फिर भी, मुखिया बोला .दोषी तो बंशु ही है।

बोलो पंचों, गांव को पाप का भागीदार बनाने वाला तो बंशु ही है ना?

हाँ ..हाँ, हा.. हा..

हां ..हां, हां.. हां..

आपने सही कहा मुखिया जी!!

तो सजा तो मिलेगी ही .मुखिया के चेहरे पर जीत वाली मुस्कान थी। तो बताओ भाइयो, क्या सजा दी जाए बंशु को आप की निर्णय करो मुखिया जी..

बंशु बिल्कुल चुप था। कुछ न बोला.. वो समझ चुका था कि मुखिया के छल के आगे अब सब बेकार।

तो ठीक है..मुखिया बोला

पहली सजा, आज के बाद बंशु कोई पशु नही पालेगा!

दूसरी सजा, इसके घर जितने भी पशु बचे है वो सब पंचायत को दान कर देगा।

तीसरी सजा . गांव से पाप का नाश हो इसलिए एक पूजा का प्रबंध हो और ये पूरे गांव को भोज करवाएगा, और सभी पंचों को एक एक सौ रुपये देगा। ताकि पाप की सुद्धि हो सके।

बंशु तो पछाड़ खाकर गिर गया। बापू.... नीरो बंशु को पकड़ते हुए बोला..बापू ... पर बंशु अचेत हो चुका था। एक दो और लोगो ने सहारा दिया और बंशु को घर ले जाया गया। ये जो तीसरी सजा थी, उसमे बंशु तबाह हो जाने वाला था, पंचायत के चेहरे पर विजयी मुस्कान थी।

विविध विषयक
रचनाएँ

कवि रामदास गुर्जर

व्यक्तिगत परिचय

जन्म तिथि : 15/08/1999
जन्म स्थान : थाना डांग
पिता : श्री गोविन्द सिंह
माता : श्रीमती रामा देवी
पत्नी : नीरज गुर्जर
शिक्षा : स्नातक, स्नाकोत्तर (इतिहास)
लेखन विधा : वीर रस
पता : ग्राम थाना डांग, तहसील बयाना जिला- भरतपुर, राजस्थान
ईमेल : ramdas15899@gmai l .com
मोबाइल नं. : 7297891458
लेखन विधा : कविता, गीत (वीर रस)
सम्मान : गुर्जर विचार मंच द्वारा शिक्षा के क्षेत्र में गुर्जर गौरव से सम्मानित, जगदीश धाम देववाणी गुर्जर पत्रिका द्वारा शिक्षा के क्षेत्र में गुर्जर प्रतिभा से सम्मानित, राजकीय महाविद्यालय बयाना में काव्य स्पर्धा में हिन्दी गौरव से सम्मानित।

मेरा गाँव

न पहले से लोग रहे, न पहले सा गाँव रहा।
बहती गंगा प्यार प्रीत की, अब न पहले सा भाव रहा।।
हर एक गाँव में भाई, बड़ी चौपालें होती थी।
देर रात बैठा करते, सुख दु :ख की बातें होती थी।
एक दूजे के सुख दु :ख में, सब हाथ बटाया करते थे।
करता था कोई गलत काम, तो उसको भी समझाया करते थे।।
घूंघट करने वाली बहू, अब खुले मुंह से डोल रही।
आजकल की संतानें, डैडी मोम सब बोल रही।।
हुए गुलाम पश्चिम के सब, न मर्यादा न मान रहा।
बहती गंगा प्यार प्रीत की अब न पहले सा भाव रहा।।
मात पिता के फटे हैं कपड़े, बेटा फैसन में घूम रहा।
घर में नहीं है खाने को खाना, बेटा यारा संग झूम रहा।।
दूध दही का गया जमाना, खान पीन सब बदल गए।
निज भाषा का मान रहा न लोग कितने बदल गए।।
अच्छा काम करे कोई अब, उस पर दांत पीसते हैं।
कोई बढ न जाये आगे, आपस में टांग खीचते हैं।।
पहले थी माँ बहनों की इज्जत, अब न पहले सा आव रहा।
बहती गंगा प्यार प्रीत की, न पहले सा भाव रहा।।

बेटी की पुकार

माता से बेटी बोल रही, सुन माता बचन हमारे को।
मत मारो कोख में माँ मुझको, बतला दो दोष हमारे को।।
तुम भी तो माँ बेटी हो, फिर मुझको क्यों मार रही।
बेटी की हत्या कर माता, क्यों पाप घडा सिर धार रही।।
कोख में बेटी मरती रही तो, कहाँ से आएंगे बहु तुम्हारे को।
मत मारो कोख में माँ मुझको, बतलादो दोष हमारे को।।

बेटी ही पत्नी, बेटी ही बहन, बेटी से परिवार बना।
बेटी बिन सृष्टि है सूनी, बेटी से संसार बना।।
बेटी बिना प्रीत अधूरी है, अब कौन समझाए तुम्हारे को।
मत मारो कोख में माँ मुझको, बतलादो दोष हमारे को।।
मुझको भी माता मेरी, इस जग में तो आ जाने दो।
मा ममता अपनी की छाया मुझ पर पड जाने दो।।
दुख मात पिता का समझे बेटी, मैं ये बतलाऊं तुम्हारे को।
मत मारो कोख में माँ मुझको, बतलादो दोष हमारे को।।

क्या मजबूरी है माता, इतनी क्यों लाचार बनी।
माता ममता की सरिता हो, फिर क्यों अब विषधार बनी।।
मुझको है भरोसा तुम पर मा, नहीं मारो आज हमारे को।
मत मारो कोख में माँ मुझको, बतलादो दोष हमारे को।।।।
यदि चाह नहीं है मेरी, राधे गुण क्यों गाती है।
यदि फिक्र नही है मेरी, तो क्यों लक्ष्मी को चाहती है।
बेटा से बढकर बेटी है, मेरा ये संदेश जमाने को।
मत मारो कोख में मा मुझको, बतलादो दोष हमारे को।।।

वीर शहीद

दूध उतर आया आंचल में, जब अर्थी आए आंगन में
नैनन नीर बहे ऐसे, जैसे वर्षा हो रही सावन में।

फफक फफक कर बहना रोती, रूदन सहा नहीं जाता है
दहाड़ मार के भाई रोता, वर्णन कहा नहीं जाता है।

फूट फूट कर रोते बापू, आपे में नहीं रह पाते
पत्नी के क्रन्दन को, मेरे शब्द नहीं कह पाते।

हमें बताओ खता हुई क्या, क्यों मुखड़ा मोड के चले गए
सात जन्म का किया वादा, क्यूँ एक जन्म में तोड़ गये।

लहरें थम जाती हैं सागर की अम्बर मौन हो जाता है
झुक जाता है हिमगिरि भी, पृथ्वी का धीरज खो जाता है।
उन वीरों का दर्शन, ईश्वर के जैसा होता है
लिखता हूँ जब याद कहानी, मेरा भी दिल रोता है।

शहीदों का स्मारक एक, मंदिर जैसा लगता है
उन वीरों का उठे जनाजा, तो तीर्थ जैसा लगता है।

धन्य धन्य हे महावीरों, धन्य तुम्हारी माता को
सूरज चाँद गगन में जब तक, याद करेंगे गाथा को।
धूल तुम्हारे पैरों की, धूल नहीं वो चन्दन हैं
वतन पर मरने वाले वीर, तुझको मेरा वन्दन है।

मेरा भारत

भारत मेरा स्वर्ग से सुन्दर।
मानो यह विष्णु का मंदिर।।
मुकुट हिमालय सिर पर सोहे।
रत्नेश चरण इसके धोये।।
भारत–भूमि वीर महान।
जन्मे यहाँ रघुवीर और घनश्याम।।
देश विदेश से पढ़ने आते, विश्व गुरु कहलाया है।
अभिमन्यु प्रताप, भरत ने, इसका मान बढाया है।।
विवेकानंद से धर्म गुरु और कर्ण वीर से दानी है।
वीर शिवा के पराक्रम की सबने सुनी कहानी है।।
सावित्री, सीता, अनसुइया, जैसी पतिव्रता नारी हैं।
हनुमंत भीष्म परशुराम जैसे जन्मे, ब्रह्म्चारी हैं।।
इस भारत की नारी भाइयों, पतिव्रता धर्म की तपस्विनी हैं।
इसलिए तो सारे जहाँ में, पुजती बनकर देवी हैं।।
पन्ना पद्मा लक्ष्मी, कर्मा, बनी वीर मर्दानी है।
सांगा युधिष्ठिर, हरिश्चन्द्र की गाता इतिहास कहानी है।।
राजा नल से सतवादी को पत्थर ने शीश झुकाया है।
यदुकुल भूषण बनवारी ने रण में गीता को गाया है।।
राजगुरु सुखदेव भगतसिंह, चन्द्रशेखर जैसा लाल।
पर्वत जैसा उनका होसला तूफानों के जैसी चाल।।
दुष्यंत पुत्र भरत ने कर, सिंह के मुख में डाला है।
दुर्योधन से अन्यायी का रण में, अहं चूर कर डाला है।।
डटकर रण में लडे अरबों, मिहिर भोज सम्राट हुए।
धर्म के लिए लडने वाले, गुरु गोविंद सिंह विराट हुए।।
गौरी से लड़ने वाला, पृथ्वीराज चौहान हुआ।
देश पिरोया एक सूत्र में, सरदार पटेल महान हुआ।।

वीर सपूत हुए भारत में कितने नाम गिनाऊँ मैं
सदा नमन उन वीरों को, फिर फिर शीश झुकाउ मैं।।
भाषा अनेक, जाति धर्म सब मिलजुल करके रहते हैं।
इसलिए तो इस भारत को महान जगत में कहते हैं।।
यूपी एमपी आन्ध्र बिहार गुजराती राजस्थानी है।
भारत माँ की जय बोलो, मिलकर हिन्दुस्तानी है।।
आन बान और शान पर हिन्दुस्तानी मर मिट जाया करते हैं।
होते हैं ये खौफ खतर नहीं किसी से डरते हैं।।
सारी दुनिया जान गयी है सदा रहे हैं वीर हम।
दुश्मन बनकर जो टकराये, देते सीना चीर हम।।
भारत के कण कण में झांकी, यहाँ के वीर जवानों की।
इतिहासों में चमक रही है गाथा इन बलवानों की।।
इस भारत में मनती रोज यहाँ होली और दिवाली है।
रक्षाबंधन लेकर आये भाई अति खुशहाली है।।
अनुपम छटा उदित सूर्य की, सुन्दरता अति भारी है।
कही गुलाब, कमल, सूर्यमुखी, कही खिल रही कैसर क्यारी है।।
गेहूं गन्ना ग्वार बाजरा, है समृद्धि धान की।
इसलिए तो कण कण मिट्टी, सोना हिन्दुस्तान की।।
सोना अभ्रक तांबा चांदी और प्रेमभाव की खान है।
रामदास गुर्जर बलिहारी जाये मेरा देश महान है।।

शहीद भगत सिंह

लिखूं लेखनी आज भगत की, जो आज़ादी का परवाना था।
देश भक्त था वीर भगत सिंह, इंकलाब का दीवाना था।।
महीना सितंबर तारीख 28, 1907 की साल रे।
सरदार किशन के घर में जन्मा, वीर भगत सिंह लाल रे।।
विद्यावति माता ने भाइयों, सिंह समान पाला था।
दादा बाबा भाई बहन, सबकी आंखों का तारा था।।
1919 में इनके आगे, जलियांवाला बाग हुआ।
डायर ने गोली चलवाई, वहां पर खूनी फाग हुआ।।
चिंगारी थी जो इंकलाब की, अब बन गई थी वह ज्वाला।
कूद पड़ा आजादी रण में, वीर भगत सिंह मतवाला।।
साण्डर्स मारा शेखर से मिलकर, असेंबली में बम गिराए थे।
बदला लिया लाला जी का, जिन पर कोड़े बरसाए थे।।
जेल गए थे भगत सिंह, गोरों ने अद्भुत चाल रची।
पहली बार जेल में जाकर, उनने भूख हड़ताल रखी।।
वो दीवाना टिका रहा, उस इंकलाब के नारे पर।
नहीं भगत का शीश झुका, गोरों के खूब झुकाने पर।।
रोम रोम में इंकलाब था, ताव मूछों में रखता था।
बीच कोर्ट में जज के आगे, दीवानों जैसा हंसता था।।
राजगुरु सुखदेव भगत की, फांसी का जब ऐलान हुआ।
स्वीकार सजा हंसकर कर ली, नहीं मन में कोई मलाल हुआ।।
मां से मिलकर बोले भगत, मत नैनन नीर बहइये तू।
बूढ़े बाबूजी को माता जाकर धीर बंधाईए तू।।
हे माता में तेरे दूध का, सारा कर्ज चुकाऊंगा।
जो दीवाने हैं आजादी के, सब में नजर तुझे मैं आऊंगा।।
23 मार्च का जब दिन आया, सारा भूमंडल डोल गया।
जेल का हर एक कोना कोना, रंग दे बसंती बोल रहा।।

उन तीनों की फांसी को, नीयत भी भांप गई होगी।
चूमा होगा फांसी की रस्सी को, तब वह भी कांप गई होगी।।
बोला जल्लाद उन तीनों से, अंतिम इच्छा पूरी करने की।
वह तीनों बोले हाथ खोल दो, इच्छा जाहिर की गले मिलने की।।
रंग दे बसंती जब गाया होगा, गोरों के दिल दहल गए होंगे
जल्लाद की आंखों के आंसू, भी निकल गए होंगे।।
इन वीरों की लाशों को, गोरों ने घी से जलाया था।
पता चला जब लोगों को, तो सतलज मे फिकवाया था।।
सब लोगों ने मिलकर उनकी, लाशों का क्रिया कर्म किया।
शोक सागर में डूब गये, मिलकर वीरों को नमन किया।।
धन्य धन्य है वह माता, जिसने इन को जन्म दिया।
धन्य धन्य है ऐसे पिता, जो बलिदानी सुत प्राप्त किया।।
सूर्य चन्द्र गगन पृथ्वी, यशगान तुम्हारा गाते हैं।
वीर शहीदों तुम्हारे चरणों में, श्रद्धा सुमन चढाते है।।

शस्त्र उठाने पड़ते हैं

हिंदू तुझे जागना होगा,
किस गफलत में सोया है।
तेरे सोने के कारण,
ये सत्य सनातन रोया है।।
यदि जागता होता तो,
तम्बू में राम नही होते।
यदि जागता होता तो,
हिन्दू बदनाम नहीं होते।।
यदि जागता होता तो,
मीना बाजार नहीं लगते।
माँ बहनों की कीमत,
दो दीनार नहीं लगते।।
यदि जागता होता तो,
गुरूओं से घात नहीं होते।
गैर कभी न बनते दुश्मन,
जो अपने साथ नहीं होते।।
यदि जागता होता तो,
कश्मीर में क्रंदन ना होता।
आर्यव्रत जो कहलाता,
उसका भी खंडन न होता।।
काश्मीर से सात लाख,
ब्राह्मण विस्थापित न होते।
बने बनाये महलों में,
दुश्मन स्थापित न होते।।
क्यों न पौरुष जागा तन में,
क्यों न हथियार उठाये थे।

क्या मजबूरी, क्या लाचारी,
जो वहाँ से भाग आये थे।।
संसद के गलियारों में,
तू भगवा आतंकी कहलाया।
रोष तनिक क्यों न आया,
जब तुझे कलंकी बतलाया।।
जब बात ज्ञान की आती है,
तो मंत्र सुनाने पडते हैं।
सत्य धर्म पर आए आंच,
तो शस्त्र उठाने पढ़ते हैं।।
धर्म बचाने हेतु राणा ने,
शमशीर उठाई थी।
सर्व सुखों का त्याग किया,
और घास की रोटी खाई थी।।
पद्मिनी ने जौहर किया था,
धर्म की शान बचाने को।
कितने ही बलिदान दिये,
हिंदू धर्म महान बचाने को।।

राम बिहारी सक्सेना 'राम'

व्यक्तिगत परिचय

पिता	:	श्री मुरलीधर जी सक्सेना
माता	:	श्रीमति गोविन्द कुमारी सक्सेना।
जन्मतिथि	:	10 नबम्बर 1975
स्थान	:	खरगापुर
शिक्षा	:	बी. एससी., एम. ए. (भूगोल एवं लोक प्रशासन), एम. एड.।
विधा	:	कविता, गीत, कुण्डलिया, पद, एवं आध्यात्मिक लेख, कहानी।
प्रकाशित कृतियां	:	साझा काव्य संग्रह "उत्तर आधुनिक काव्य" 2021, उडान छमाही पत्रिका 2021, जर्जर कश्ती, निर्दलीय. अनुमेहा, आकांक्षा, दीपमाला आदि में प्रकाशित, चार वार आकाशवाणी छतरपुर से प्रसारण।
सम्प्रति	:	उच्च माध्यमिक शिक्षक के रूप में शा कन्या उ. मा. वि. बल्देवगढ टीकमगढ़ में पदस्थ
पता	:	किला मुहल्ला खरगापुर जिला टीकमगढ़ म. प्र. पिन 472115
वर्तमान	:	681, शिव वाटिका, सागर रोड छतरपुर, म. प्र. 471001
मोबाइल नं.	:	9584896513, 9977280052
ई मेल	:	rambiharisaxena9584@gmai l .com

बुढ़िया की रामायण

(लघु कहानी)

पूस की ठिठुरन में प्रात : काल सूर्य देव के दर्शन दुर्लभ हो रहे थे। गणतंत्र दिवस के कार्यक्रम के पश्चात हम अपने साथियों संग धूप सेंक रहे थे। अचानक लखन की मां जिनका शरीर खाल में ढका हड्डियों का ढांचा मात्र था। गांव वाले उसे प्यार से डोंकिया काकी कहते थे। दौड़ती हुई आई और हांफती हुई बोली– " मांस्साब मांस्साब, मोय कुटी पै रामायन बिठारने अकेलें पंडित जी नाहिं कर रय, कै तो पै नैं हो पाने"।

साथी शिक्षिका विमला जिज्जी से भी उसने यही कहा। जाड़े का मौसम था। पाठकों को बुलाने, उनके खाने पीने और रुकने का इंतजाम करना भी कठिन था। हम दोनों शिक्षकों ने आपस में चर्चा करके बुढ़िया की रामायण कराने का निर्णय लिया, और अपने मित्र रामायणीजी जी से चर्चा करके कार्यक्रम तय किया। आस–पास के गांव में आमंत्रण हेतु गया। अधिकांश ने अपने हाथ खड़े कर दिये। युवा पीढ़ी भी क्रिकेट के नशे में चूर थी। नदी किनारे बने छोटे से मंदिर जिसे प्राय : गांवों में कुटी कहा जाता है, में जाकर पुजारी जी से चर्चा की। उनने भी हाथ खड़े कर दिये। जैसे तैसे नदी पार से दो–तीन लोगों में आने की बात कहकर हिम्मत बंधायी। रामायणी जी ने रात्रि की व्यवस्था संभालने का आश्वासन दिया। रामायण के लिए बुढ़िया ने गांव से चार पांच सेर आटा और सौ रुपए इकट्ठा कर मुझे दिये। अब आगे की व्यवस्था हमें ही करना थी। मैंने रामायण प्रारंभ कराई और दो तीन लोगों को वहां छोड़कर भोजन, विश्राम एवं इस पूजन भंडारे की व्यवस्था हेतु पास के कस्बे में गया। जहां मेरा भी निवास था।

मैंने बुढ़िया माई की प्रेरणा से संकल्पित होकर रामायण प्रारंभ करा दी।

मैं करीब 8 :00 बजे रात में भोजन सामग्री लेकर पहुंचा तो मंदिर में अकेले पंडित जी रामायण पढ़ रहे थे और दो–तीन बच्चे उपस्थित थे। गांव में वैसे ही गिनती के पढ़े–लिखे लोग थे। सो अत्याधिक ठंड की वजह से हिम्मत न कर सके मैंने जैसे–तैसे भगवान का सुमिरन करके दो चार लोगों को बुलाया। नदी पार से तिवारी जी भी दो लोगों को साथ लेकर आ गये। भोजन बनाने की तैयारी कर मैं पुन : भगवान से प्रार्थना करने लगा।

रात्रि 11 :00 बजे हमारे मित्र रामायणी जी चार लोगों को लेकर आये। उन्हें देखकर मेरा मन आनंदित हुआ और मैंने कहा अब बुढ़िया की रामायण सफल होगी। रात्रि में भोजन उपरांत रामायण अखंड रूप से चलती रही।

प्रात: होने पर जब रामायणी जी के साथी जाने लगे तब उन्होंने अपने पैसे मुझे उनकी विदाई हेतु दिये। मैंने उनकी उदारता की सराहना करते हुए साथियों का तिलक कर विदा किया।

करीब 2 :00 बजे रामायण का समापन हुआ। कन्या भोज व भंडारा हुआ जिसमें डेढ़ सौ लोगों ने प्रसाद पाया। सभी की विदाई के बाद मैंने बुढ़िया मां से पूछा- मां कितना पैसा लगा रामायण में? तो उन्होने कहा- "मास्साब सौ रुपैया।"

उनके यह सौ रुपया मेरे लिए सुदामा के आधे चावल से भी बढ़कर थे। जिनके कारण हमें और साथियों को अपना तन, मन और धन हरि चरणों में समर्पित करने का एक और अवसर मिला।

बुढ़िया माई आज भी कुछ न कुछ प्रेरणा देती रहती है।

सावन (पदावली)

सावन शिव का मास सखीरी।
चित में शिव का ध्यान लगाके।
छोड़ देव जग आस सखीरी।
नद नारे उफनात मृदुल जल।

1. भरे ताल झरनों की कलकल।
दादुर राग अघात श्रवण दल।
हरियाली चुनरी धरनी तल।
द्रुमदल को परिहास सखीरी।
सावन..................

2. श्याम मेघ अंबर में डोलत।
बजत नगाड़े स्वर ज्यों बोलत।
कबहुँ अधीर गिरत वर्षा जल।
कबहुँ फुहार गिरत है निर्मल।
बूँद अघात धरा अकुलानी।
ऐसो जलमय मास सखीरी।
सावन...............

3. कबहुँ पीताम्बर ओढ़ बदरिया।
कबहुँ लगे ज्यों श्वेत चदरिया।
कबहुँ घोर घनश्याम सुहावत
कबहुँ करत परिहास सखीरी।
सावन..............

4. भगिनी भ्रात में प्रीति बढावे।
प्रियतम प्रिया को मदन चिढावे।
तरु अरु लता में नेह जगावे।
चातक जल की आश सखीरी।
सावन................

5. चित में हर का ध्यान लगावो।
मधुर गान संग गुणगन गावो।
हरित पत्र अरु सुमन चढावो।
"राम" गंग दधि क्षीर नहावो।
अर्पण कर तन मन शिव चरणन।
पूर्ण होय सब आश सखी री।।
सावन शिव को मास सखीरी
चित में शिव का ध्यान लगाके
छोड़ देव जग आश सखीरी।।
सावन शिव को............

(3)

सुंदर सुखद भाद्रपद आयो
सुंदर सुखद भाद्रपद आयो।
घरी हरि अवतार की लायो।।

1.कंशराज अति क्रूर निशाचर,
पितु भगिनी का कीन्ह निरादर।
बंदीगृह पितु उग्र पवारो,
राजसिंहासन आप संवारो।।
कंशराज के दमन चक्र से,
चहुँदिशि पाप अंधेरों छायो।

सुंदर सुखद भाद्रपद आयो।
घरी हरि अवतार को लायो।।

2. धरनी धाय उठी अकुलाई,
देवन संग हरि लोक सिधाई।
संग ब्रम्ह हर शिव सनकादि,
करि विनती परमारथवादी।।
सुनि आरतवानी भू हरि ने,
कहेउ अंत निशिचर को आयो।
सुंदर सुखद भाद्रपद आयो।
घरी हरि अवतार की लायो।।

3. धरि नररूप लेउं अवतार,
शेष संग हरिहऊं भू भार।
देव मुनि सब गोप रूप धर,
जनमें बृजमंडल में घर घर।
बृजमंडल भू स्वर्ग बनाकर,
धराधाम गोकुल कहलायो।
सुंदर सुखद भाद्रपद आयो।
घरी हरि अवतार की लायो।।

4. काल कोठरी पितु अरु माता,
सप्तम गर्भ आय हरिभ्राता।
माया उदर रोहिणी धारे,
कंशदूत मतिभ्रम में हारे।।
गर्भ देवकी आप समाये,
देवन्ह गर्भ स्तुती गायो।।
सुंदर सुखद भाद्रपद आयो।

घरी हरि अवतार की लायो।।

5. कृष्णपक्ष की काली रजनी,
गरजत मेघ घोर धुन सजनी।
नदियाँ निर्मल नीर सुहाती,
बरषत जल यमुना उफनाती।।
आठें तिथि निशि मध्य सुहायो,
सुंदर सुखद भाद्रपद आयो।
घरी हरि अवतार की लायो।।

6. प्रगटे हरि मुदित पितु माता,
पिता पठाये जहं हरिभ्राता।
यमुना चरण धोय हरि आये,
शेष छत्र हरि ऊपर छाये।।
राखि यशोदा सेज लाल हरि,
नृप उनकी कन्या ले आयो।
सुंदर सुखद भाद्रपद आयो।
घरी हरि अवतार को लायो।।

7. बजी बधाई नंद के द्वार,
हरि आये टारन भू भार।
भ्रम में कंश छीनि हरि माया,
सुनि वानी कंपित खल काया।
"राम" हृदय शिशु रूप बसायो।।
सुंदर सुखद भाद्रपद आयो।
घरी हरि अवतार की लायो।।

सवैया

"लाल सलोनो दाऊ को भैया"
खेलत हैं हरि नंद के आंगन
होती मुदित बलदाऊ की मैया।
किलकत कान्ह मृदुल दोई दतियां
फुदकत ज्यों आंगना की चिरैया।।
बृज बनितादि पुकार बुलावैं
भाजि चलत बछड़ा ज्यों गैया।
सुर ब्रम्हादि निहारत वा छबि
मातु जशोमति लेति बलैंया।
ऐसो सुकोमल अंग बिराजत
नाहिं है दूजो नंद सो छैया।
"राम" ह्रदय महं झांकि निहारत
लाल सलोनो दाऊ को भैया।।
लाल सलोनो दाऊ को भैया।।

"माँ" (सास) गीत

धारा गर्भ पयोधर सींचे,
मन बलिष्ठ तन शुभ्र किया।
छीन उसीका बेटा, उसको
दोराहे पर खड़ा किया।
1.नौ महीने तक गर्भ में धारा,
भूख प्यास और कष्ट सहे।
प्रसव बेदना सहकर उसने,
जन्म दिया शुभ नयन बहे।।
पुत्र जन्म पर पीड़ा भूली,
हो प्रसन्न आशीष दिया।
छीन उसीका बेटा उसको
दोराहे पर खड़ा किया।।1।।
खिला पुत्र को, जूठन खाया,
नाना भाँति उपाय किये।
मांगा सुत ने सोच न कीन्हा,
मनमोहक उपहार दिये।।
आश आसरे की जब कीन्ही
निज स्वारथ को अडा.दिया।
छीन उसीका बेटा उसको,
दोराहे पर खड़ा किया।।2।।
प्राण दिये तन पाला पोसा,
सुख सम्पति भी वार दिया।
पढ़ा लिखा कर योग्य बनाया,
सपनों का संसार दिया।।
आवश्यकता निकली जब उसकी
सुतबधु ने ललकार दिया।

छीन उसीका बेटा उसको,
दोराहे पर खड़ा किया।। 3।।
जैसी माँ तेरी है बहिना,
वैसी पति की माँ होती।
शैशवकाल पयोधर सींचे,
वसन बदलती, मल धोती।।
बो माँ जिसने कष्ट सहन कर,
पाल पोसकर बड़ा किया।
छीन उसीका बेटा उसको,
दौराहे पर खड़ा किया।। 4।।
सास तुम्हारी भी माता है,
पति सुहाग श्रृंगार दिया।
जो भू पर न लाती उसको,
न जलता सौभाग्य दिया।।
अपनी माता जैसी माँ को,
निज सुत से ही लड़ा दिया।
छीन उसीका बेटा उसको,
दौराहे पर खड़ा किया।। 5।।
जैसे माँ ने पाला तुमको,
पति में ज्यों स्नेह भरा।
वैसे ही शिशु सी माँ है अब,
उससे है घर हरा भरा।।
वाणी अमृत सी बोलो बस,
प्रेम सुधा रस पान किया।
छीन उसीका बेटा उसको,
दौराहे पर खड़ा किया।

अमित कुमार गुप्ता 'पूर्वी'

व्यक्तिगत परिचय

जन्म तिथि	:	28/07/1987
जन्म स्थान	:	रामकोला कुशीनगर
पिता	:	बाजार टोला पुरानी बाजार रामकोला कुशीनगर उत्तर प्रदेश 274305
माता	:	श्रीमती सावित्री गुप्ता
पिता	:	श्री प्रदीप कुमार गुप्ता
शिक्षा	:	बी. एस सी., एम. एस सी., एम. ए. (शिक्षा शास्त्र, समाज शास्त्र, दर्शन शास्त्र), बी. एड., एम. एड., पी. डी. पी. इ. टी., एन. टी. टी.
सम्प्रति / कार्य	:	प्राध्यापक (बाबू विष्णु प्रताप सिंह स्मारक महाविद्यालय) तथा विविध माध्यम से लेखन कार्य
लेखन विधा	:	कविता, लघुकथा इत्यादि
प्रकाशित कृतियाँ	:	अनामिका, पावन माटी देश की तथा अन्य कई लेख
पता	:	बाजार टोला पुरानी बाजार रामकोला कुशीनगर उत्तर प्रदेश
ईमेल	:	dr.amitisthebest@rediffmai l .com
दूरभाष	:	9415243441, 9936812268

इन्सान की सोच ही जीवन का आधार है

(कहानी)

तीन राहगीर (सत्यवान, चंपालाल तथा मुख्तार) रास्ते में एक पेड़ के नीचे मिले। तीनों लम्बी यात्रा पर निकले थे। कुछ देर सुस्ताने के लिए पेड़ की घनी छाया में बैठ गए। तीनों के पास दो झोले थे। एक झोला आगे की तरफ और दूसरा पीछे की तरफ लटका हुआ था।

तीनो एक साथ बैठे और यहाँ-वहाँ की बातें करने लगे। जैसे कौन कहाँ से आया? कहाँ जाना है? कितनी दुरी है? घर में कौन कौन हैं? ऐसे कई सवाल जो अजनबी एक दुसरे के बारे में जानना चाहते हैं।

तीनों यात्री कद काठी में सामान थे पर सबके चेहरे के भाव अलग-अलग थे। एक बहुत थका निराश लग रहा था जैसे सफ़र ने उसे बोझिल बना दिया हो। दूसरा थका हुआ था पर बोझिल नहीं लग रहा था और तीसरा अत्यन्त आनंद में था। एक दूर बैठा महात्मा इन्हें देख मुस्कुरा रहा था।

तभी तीनों की नजर महात्मा पर पड़ी और उनके पास जाकर तीनों ने सवाल किया कि वे मुस्कुरा क्यूँ रहे हैं। इस सवाल के जवाब में महात्मा ने तीनों से सवाल किया कि तुम्हारे पास दो दो झोले हैं। इन में से एक में तुम्हें लोगों की अच्छाई को रखना है और एक में बुराई को तो बताओ क्या करोगे?

एक ने कहा-मेरे आगे वाले झोले में, मैं बुराई रखूँगा ताकि जीवन भर उनसे दूर रहूँ। और पीछे अच्छाई रखूँगा।

दूसरे ने कहा-मैं आगे अच्छाई रखूँगा ताकि उन जैसा बनूँ और पीछे बुराई ताकि उनसे अच्छा बनूँ।

तीसरे ने कहा-मैं आगे अच्छाई रखूँगा ताकि उनके साथ संतुष्ट रहूँ और पीछे बुराई रखूँगा और पीछे के थैले में एक छेद कर दूंगा जिससे वो बुराई का बोझ कम होता रहे और अच्छाई ही मेरे साथ रहे अर्थात वो बुराई को भूला देना चाहता था।

यह सुनकर महात्मा ने कहा – पहला जो सफ़र से थक कर निराश दिख रहा है जिसने कहा था कि वो बुराई सामने रखेगा वो इस यात्रा के भांति जीवन से थक गया है क्यूंकि उसकी सोच नकारात्मक है उसके लिए जीवन कठिन है।

दूसरा जो थका है पर निराश नहीं, जिसने कहा अच्छाई सामने रखूँगा पर बुराई से बेहतर बनने की कोशिश में वो थक जाता है क्यूंकि वो बेवजह की होड़ में हैं।

तीसरा जिसने कहा वो अच्छाई आगे रखता है और बुराई को पीछे रख उसे भुला देना चाहता है वो संतुष्ट है और जीवन का आनंद ले रहा है। इसी तरह वो जीवन यात्रा में खुश है।

जीवन में जब तक व्यक्ति दूसरों में बुराई को ढूंढेगा वो खुश नहीं रह सकता। जीवन भी एक यात्रा है जिसमे सकारात्मक सोच जीवन को ख़ुशहाल बनाती है। जीवन में क्रोध सबसे बड़ा बोझ है और क्षमा सबसे सुन्दर और सरल रास्ता जो जीवन को बोझहीन बनाता है।

सांसारिक जीवन तथा सन्यासी जीवन

(कहानी)

एक समय की बात है। नरेश कुमार नाम के एक व्यक्ति थे। वह प्यास से बेचैन भटक रहे थे। उन्हें गंगाजी दिखाई पड़ी। वह पानी पीने के लिए नदी की ओर तेजी से भागा लेकिन नदी तट पर पहुंचने से पहले ही बेहोश होकर गिर गया। थोड़ी देर बाद वहां एक संन्यासी पहुंचे। उन्होंने उसके मुंह पर पानी का छींटा मारा तो वह होश में आया।

व्यक्ति ने उनके चरण छू लिए और अपने प्राण बचाने के लिए धन्यवाद देने लगा। संन्यासी ने कहा–बचाने वाला तो भगवान है। मुझमें इतना सामर्थ्य कहां है? शक्ति होती तो मेरे सामने बहुत से लोग मरे मैं उन्हें बचा न लेता। मैं तो सिर्फ बचाने का माध्यम बन गया। इसके बाद संन्यासी चलने को हुए तो व्यक्ति ने कहा कि मैं भी आपके साथ चलूंगा। संन्यासी ने पूछा–तुम कहां तक चलोगे? व्यक्ति बोला–जहां तक आप जाएंगे। संन्यासी ने कहा–मुझे तो खुद पता ही नहीं कि कहां जा रहा हूं और अगला ठिकाना कहां होगा?

संन्यासी ने उसे समझाया कि उसकी कोई मंजिल नहीं है। लेकिन वह अड़ा रहा। आखिरकार अंत में दोनों चल पड़े। कुछ समय बाद व्यक्ति ने कहा–मन तो कहता है कि आपके साथ ही चलता रहूं लेकिन कुछ टंटा गले में अटका है। वह जान नहीं छोड़ता। आपकी ही तरह भक्तिभाव और तप की इच्छा है पर विवश हूं। संन्यासी के पूछने पर उसने अपने गले का टंटा बताना शुरू किया। घर में कोई स्त्री और बच्चा नहीं है। एक पैतृक मकान है। उसमें पानी का कूप लगा है। छोटा बागीचा भी है। घर से जाता हूं तो वह सूखने लगता है। पौधों का जीवन कैसे नष्ट करूं? नहीं रहने पर लोग कूप को गंदा करते हैं। नौकर रखवाली नहीं करते, बैल भूखे रहते हैं। बेजुबान जानवर हैं। उन्हें कष्ट दूं! बहुत से संगी–साथी हैं जो मेरे नहीं होने से उदास होते हैं, उनके चेहरे की उदासी देखकर उनका मोह भी नहीं छोड़ पाता। दादा–परदादा ने कुछ लेन–देन कर रखा था। उसकी वसूली भी देखनी है। नहीं तो लोग गबन कर जाएंगे। अपने नगर से भी प्रेम है। बाहर जाता हूं तो मन उधर खिंचा रहता है। अपने नगर में समय आनंदमय बीत जाता है। लेकिन मैं आपकी तरह संन्यासी बनना चाहता हूं। राह दिखाएं।

संन्यासी ने उसकी बात सुनी फिर मुस्कराने लगे। उन्होंने कहा–जो तुम कर रहे हो वह जरूरी है। तुम संन्यास की बात मत सोचो। अपना काम करते रहो।

व्यक्ति उनकी बात समझ तो रहा था लेकिन उस पर संन्यासी बनने की धुन भी सवार थी।

चलते-चलते उसका नगर आ गया। उसे घर को देखने की इच्छा हुई। उसने संन्यासी से बड़ी विनती की-महाराज मेरे घर चलें। कम से कम 15 दिन हम घर पर रूकते हैं। सब निपटाकर फिर मैं आपके साथ निकल जाउंगा। संन्यासी मुस्कुराने लगे और खुशी-खुशी तैयार हो गए। उसकी जिद पर संन्यासी रूक गए और उसे बारीकी से देखने लगे।

सोलहवें दिन अपना सामान समेटा और निकलने के लिए तैयार हो गए। व्यक्ति ने कहा-महाराज अभी थोड़ा काम रहता है। पेड़-पौधों का इंतजाम कर दूं। बस कुछ दिन और रूक जाएं निपटाकर चलता हूं।

संन्यासी ने कहा-तुम ह्रदय से अच्छे हो लेकिन किसी भी वस्तु से मोह त्यागने को तैयार ही न हो। मेरे साथ चलने से तुम्हारा कल्याण नहीं हो सकता। किसी भी संन्यासी के साथ तुम्हारा भला नहीं हो सकता।

उसने कहा-कोई है ही नहीं तो फिर किसके लिए लोभ-मोह करूं।

संन्यासी बोले-यही तो और चिंता की बात है। समाज को परिवार समझ लो और उसकी सेवा को भक्ति। ईश्वर को प्रतिदिन सब कुछ अर्पित कर देना। तुम्हारा कल्याण हो इसी में हो जाएगा। कुछ और करने की जरूरत नहीं।

वह व्यक्ति उनको कुछ दूर तक छोड़ने आया। विदा होते-होते उसने कहा-कोई एक उपदेश तो दे दीजिए जो मेरा जीवन बदल दे। संन्यासी हंसे और बोले-सत्य का साथ देना, धन का मोह न करना। उन्होंने विदा ली।

समय बीता। कुछ सालों बाद वह संन्यासी फिर वहां आए। उस व्यक्ति की अच्छी प्रसिद्धि हो चुकी थी। सभी उसे अच्छा इंसान मानते थे। लोग उससे परामर्श लेते। छोटे-मोटे विवाद में वह फैसला देता तो सब मानते। उसका चेहरा बताता था कि वह संतुष्ट और प्रसन्न है। संन्यासी कई दिनों तक वहां ठहरे। फिर एक दिन अचानक चलने को तैयार हो गए।

उस व्यक्ति ने कहा-आप इतनी जल्दी क्यों जाने लगे। आपने तो पूछा भी नहीं कि मैं आपके उपदेश के अनुसार आचरण कर रहा हूं कि नहीं।

संन्यासी ने कहा-मैंने तुम्हें कोई उपदेश दिया ही कहां था? पिछली बार मैंने देखा कि तुम्हारे अंदर निर्जीवों तक के लिए दया है लेकिन धन का मोह बाधा कर रहा था। वह मोह तुम्हें असत्य की ओर ले जाता था हालांकि तुम्हें ग्लानि भी होती थी।

तुम्हारा ह्रदय तो सन्यास के लिए ऊर्वर था। बीज पहले से ही पड़े थे, मैंने तो बस बीजों में लग रहे घुन के बारे में बता दिया। तुमने घुन हटा दी और फिर चमत्कार हो गया। संन्यास संसार को

छोड़कर ही नहीं प्राप्त होता। अवगुणों का त्याग भी संन्यास है।

हम सब में उस व्यक्ति की तरह सदगुण हैं। जरूरत है उन्हें निखारने की। निखारने वाले की। अपने काम करने के तरीके में थोड़ा बदलाव करके आप चमत्कार कर सकते हैं।

एक बदलाव आजमाइए–हर किसी से प्रेम से बोलें. उनसे ज्यादा मीठा बोलेंगे जिन पर आपका शासन है. आपमें जो मधुरता आ जाएगी वह जीवन बदल देगी कम से कम इसे आजमाकर देखिए।

कर्म और कर्मफल

(कहानी)

एक बार एक गांव में पार्वती जी शंकर जी के साथ भ्रमण पर निकली। रास्ते में उन्होंने देखा कि एक तालाब में कई बच्चे तैर रहे थे, लेकिन एक बच्चा उदास मुद्रा में बैठा था। पार्वती जी ने शंकर जी से पूछा-यह बच्चा उदास क्यों है? शंकर जी ने कहा-बच्चे को ध्यान से देखो। पार्वती जी ने देखा, बच्चे के दोनों हाथ नहीं थे, जिस कारण वो तैर नहीं पा रहा था। पार्वती जी ने शंकर जी से कहा-आप अपनी शक्ति से इस बालक को हाथ दे दो ताकि वो भी तैर सके। शंकर जी ने कहा-हम किसी के कर्म में हस्तक्षेप नही कर सकते हैं क्योंकि हर आत्मा अपने कर्मों के फल द्वारा ही अपना कर्म किया करती है। पार्वती जी ने बार-बार विनती की। आखिकार शंकर जी ने उसे हाथ दे दिए। वह बच्चा भी पानी में तैरने लगा।

कुछ दिनों के बाद शंकर जी तथा पार्वती जी फिर वहाँ से गुज़रे। इस बार मामला उल्टा था, सिर्फ वही बच्चा तैर रहा था और बाकी सब बच्चे बाहर थे। पार्वती जी ने पूछा यह क्या है? शंकर जी ने कहा-ध्यान से देखो।

देखा तो वह बच्चा दूसरे बच्चों को पानी में डुबो रहा था इसलिए सब बच्चे भाग रहे थे। शंकर जी ने जवाब दिया-हर व्यक्ति अपने कर्मो के अनुसार फल भोगता है। भगवान किसी के कर्मो के फेर में नही पड़ते हैं। उसने पिछले जन्मों में अपने हाथों द्वारा यही कार्य किया था इसलिए उसके हाथ नहीं थे। हाथ देने से पुनः वह दूसरों की हानि करने लगा है। प्रकृति नियम के अनुसार चलती है, किसी के साथ कोई पक्षपात नहीं। आत्माएँ जब ऊपर से नीचे आती हैं तब सब अच्छी ही होती हैं, कर्मों के अनुसार कोई अपाहिज है तो कोई भिखारी, कोई गरीब तो कोई अमीर लेकिन सब परिवर्तनशील हैं।

अगर महलों में रहकर या पैसे के नशे में आज कोई बुरा काम करता है तो कल उसका भुगतान तो उसको करना ही पड़ेगा।

गरीब को गरीब ही पहचानता है

जिले के सबसे बड़े साहब की जिले में पहली नियुक्ति थी। लेकिन साहब को चैन कहाँ? नियुक्ति के पहले ही दिन चल पड़े शहर के औचक निरीक्षण को। एक गरीब परिवार से निकलकर यहां तक का सफर तय करने में भी तो खूब चलना पड़ा था! गरीब की बचपन में शुरू हुई पदयात्रा आजीवन चलती ही रहती है, थकान और शिथिलता को तो मानों गरीब अपना बैरी बना बैठे हों- फर्क तो पड़ता है शहरी बाबूओं को।

हाँ तो साहब निकल पड़े अपने कारवें के साथ-पहला पड़ाव गोरखपुर यूनिवर्सिटी रोड था। लंबी कतार में पुस्तकों, कपड़ों, फलों आदि की दुकानें और कुछ छोटे-मोटे ढाबे और भाप उड़ाती चाय के स्टाल। अन्य तंग रास्तों को छोड़ दिया जाए तो मुख्य सड़क थोड़ी चौड़ी थी इसलिए कहीं-कहीं रिक्शे वालों का अल्पकालिक पार्किंग-स्थल का भी काम करती थी जहाँ वह थोड़ा-बहुत सुस्ता भी लेते थे-वैसे जेठ की दुपहरी में सुस्ताने के लिए जगह नहीं जिगरा चाहिए बाबू!

दारोगा साहब को तुरंत बड़े साहब के आने की भनक लग गई। फिर क्या था सड़क को काफिले गुजरने लायक बनाने का काम युद्धस्तर पर शुरू हो गया-चौड़ीकरण से नहीं चौधरीकरण से!

'चल भाई अंदर कर खोपचा' एक हवलदार चिल्लाया। रिक्शे वालों के रिक्शे में लट्ठ प्रहार-चलो रे कहीं और लगाओ-"सुकून तो जैसे नसीब में है ही नहीं रिक्शे वालों के! ", ताई! तेणे सुण्या नहीं? -पीछे कर ये टोकरी। अब तक तो लोगों को पता चल ही गया होगा कि कोई बड़ा साहब रास्ते से जाएगा। अब चाय क्या? समोसा क्या? दोनों मूकदर्शक बन ग्राहकों के इंतजार में हैं और उनको बनाने वाले इंतजार कर रहे हैं कि साहेब जल्द जाएँ तो फटाफट काम शुरू करें।

बड़े साहब की एंट्री। गाड़ी के अंदर बैठा एक साधारण सी कद-काठी का आदमी विश्वविद्यालय को जाने वाले साईकल पथ की ओर इशारा करता है। ड्राइवर गाड़ी रोकता है और साहब जैसा दिखने वाला स्तब्ध सा व्यक्ति बाहर निकलकर इधर-उधर निहारता है। कदम एक बुकशॉप की ओर बढ़ते हैं। बुदबुदाता है-इधर तो बहुत भीड़-भाड़ हुआ करती थी।

किताब बेचने वाला-बस साहब ऐसे ही है यहाँ, गर्मी बहुत है इसलिए कम लोग हैं।

साहब मन ही मन सोच रहे थे-तेज गर्मी में ही तो गरीब अपना सामान बेचने निकलता है।

साहब बात लोगों से कर रहे हैं पर उनकी आंखें नुक्कड़ के कोनों पर नजरें दौड़ा रही हैं। मानो कुछ कीमती चीज खो गयी हो। सहसा बिजली की रफ्तार से एक ओर चल पड़ते हैं। जमीन पर

एक कढ़ाई, एक तेल की बोतल और कुछ गुँथा हुआ मैदा व अन्य सामान ढक कर रखा हुआ है।

दारोगा साहब गुस्से से अपने हवलदारों की ओर देखते हुए–तुमने बोला था सब हटा दिया यहां से?

हवलदार (साहब से दूरी बनाकर आजू–बाजू देखता हुआ)–किसका है रे ये?

इतनी देर में एक वृद्ध हाथ जोड़कर विनती करने की मुद्रा में सामान उठाने लगता है–साहब गलती हो गयी, अभी हटाये देता हूँ।

तभी एक भावुक आवाज वृद्ध के कर्णपटल पर पड़ती है। – "काका"

वृद्ध सोचता है–मुझे तो शहर में जो भी मिलता है 'चचा' बोलता है। काका तो!

कम्पित शरीर और पथरायी आँखें भीड़ में उस आवाज को ढूंढने लगती हैं।

"काका मैं हूँ। "–भूल गए, उधार के समौसे और चाय?

स्तब्ध वृद्ध क्षणभर के लिए उसे 'काका' पुकारने वाले उस शख्स के अतीत में अश्रुधारा के साथ डूबने लगता है।

कैसे एक बिना माँ का गरीब बच्चा गाँव से अनजाने शहर में पढ़ने आया था। कोई भी तो नहीं था यहाँ उसका–सिवा अपने जैसे कुछ गरीब लोगों के। काका भी उन्हीं में से एक थे। लेकिन हर शाम 'काका' के समौसे की दुकान पर आने वाला वह गरीब अपनी पढ़ाई पूरी कर शहर छोड़ने के बाद वापस लौट कर फिर यहीं आएगा यह काका को भी पता न था।

वह प्यार से बोला करता था- "काका अभी उधार खिला रहे हो, देख लेना एक दिन सूद समेत लौटाऊंगा। "

अब ऐसा प्रतीत हो रहा था कि मानों आज मूलधन ब्याज सहित सम्मुख खड़ा है। भावनारूपी मूलधन में 'काका' को चक्रवृद्धि ब्याज जो मिलने वाला था।

जहाँ एक तरफ 'काका' शब्द सुनाई दिया वहीं साहब और वृद्ध दोनों को एक–दूसरे को पहचानने में तनिक भी देर न लगी। साहब तुरंत काका से लिपट पड़े। साहब की निगाहें अपनी मूल्यावान वस्तु को ढूंढने में कामयाब हो गई।

समौसे तो बहाना था। एक ऐसा बहाना जिसने दोनों को अनजान शहर में एक–दूसरे से जोड़े रखा। गरीब को गरीब ही जानता है और भावनाओं का एक संबल चाय–समौसे की दुकान पर मिलता है।

स्तब्ध मशीनीकृत समाज और स्थानीय प्रशासनिक मशीनरी को पीछे छोड़ साहेब का कारवाँ 'काका' को साथ लेकर आगे बढ़ गया।

पुत्र के प्रति पिता का कर्तव्य

मेरे कंधे पर बैठा मेरा बेटा जब मेरे कंधे पे खड़ा हो गया। मुझी से कहने लगा–"देखो पापा मैं अब तुमसे बड़ा हो गया"।

मैंने कहा–"बेटा इस खूबसूरत ग़लतफहमी में भले ही जकड़े रहनामगर मेरा हाथ पकड़े रखना"

"जिस दिन ये हाथ छूट जाएगा
बेटा तेरा रंगीन सपना भी टूट जाएगा"

"दुनिया वास्तव में उतनी हसीन नही है
देख तेरे पांव तले अभी जमीं नही है"

"मैं तो बाप हूँ बेटा बहुत खुश हो जाऊंगा
जिस दिन तू वास्तव में मुझसे बड़ा हो जाएगा
मगर बेटे कंधे पे नही...
जब तू जमीन पे खड़ा हो जाएगा!!

ये बाप तुझे अपना सब कुछ दे जाएगा!
तेरे कंधे पर दुनिया से चला जाएगा!!

"पुत्र तब तो कुछ समझ नहीं पाया
किन्तु जब पिता बना तो वहीं अभिलाषा अपने पुत्र के लिए पाया"

सच ही है.........

पुत्र अपनी बात को भूल सकता है किन्तु एक पिता अपने पुत्र के लिए सदैव उसका ढाल बना रहता है।

केशव गुप्ता 'संगम'

व्यक्तिगत परिचय

जन्म तिथि	:	15/04/1971
जन्म स्थान	:	निमहां, अजयगढ़, जिला-पन्ना
पिता	:	स्व. श्री कमला प्रसाद गुप्ता
माता	:	स्व. श्रीमती राजरानी गुप्ता
शिक्षा	:	स्नातक (कला संकाय)
सम्प्रति / कार्य	:	शिक्षक
लेखन विधा	:	गीत, कविता, दोहे, मुक्तक छंद आदि।
प्रकाशित कृतियाँ	:	प्रथम
गतिविधियां	:	कीर्तन-भजन एवं स्वतंत्र लेखन।
पता	:	ग्राम- निमहा, पोस्ट- पड़रहा, तहसील- अजयगढ़, जिला- पन्ना, (मध्य प्रदेश)
दूरभाष	:	9752031612

गीत

ये तन भारती का, ये मन भारती का,
ये ग्रामीण अंचल मिला, जिनके कारण।
करम-मन-वचन से नमन भारती का,
ये तन भारती का, ये मन भारती का।।1।।
साधनों की कमी किन्तु है साधना,
सर झुकाती है जन-जन की आराधना।
ये गांवों का जीवन, अभावों का घर है,
मगर हँस रहा है, चमन भारती का।
ये तन भारती का, ये मन भारती का।।2।।
भावना में भरी शुभ्र संभावना,
मौन माटी सरजती है सद्भावना।
है भोला मगर, संस्कारों का "संगम",
सदा से ही सांचा सदन भारती का।
ये तन भारती का, ये मन भारती का।।3।।
आधुनिकता में शहरों का साम्राज्य है,
पर दिलों में लखा, ग्राम का राज्य है।
ये परिवेश पावन महकती हवाएं,
सुहाना समय, गांव की आरती का।
ये तन भारती का, ये मन भारती का।।4।।

वन्दना गीत

अभिनन्दन सत-सत अभिनन्दन
जय गजवदन विनायक जय-जय
माँ विमले वंदन।। अभिनन्दन।।
(1) जय भारत जय भव्य भारती,
जननी जहाँ की।
जीवन सुमन समर्पित करती, वीरों की झाँकी।।
शीश पे हिम शिखर, चरणों में रत्नाकर।
ऊषा की लालिमा, सोहे सिन्दूर वर।।
मात चरण रज, मात करे है,
मलया गिरि चन्दन।।
अभिनन्दन सत-सत अभिनन्दन।।
(2) निर्मल-श्यामल-धवल नीर का
संगम जहाँ है।
पाप विमोचनि गंगा-सरयू।
ऐसी कहाँ है।।
ज्ञान गुण सर्जती, सरस्वती राजती
पश्च पद गामिनी, नर्मदा व्राजती।
यमुना का जल, काजल का सा,
बसत युगल नयन।
अभिनन्दन सत-सत अभिनन्दन।।
(3)शिवि, दधीचि, हरिचंद, कर्ण से दानी जहाँ पर।
राम, कृष्ण, गौतम, गांधी से,
जन्मे जवाहर।
भीष्म सी साधना, ध्रुव सी आराधना भक्त प्रहलाद सा, माँ तुम्हीं ने जना।
हे कामदगिरि, कौशल, कासी,
बदरी, वृन्दावन।

अभिनन्दन सत–सत अभिनन्दन।।

(4) श्री अनुसुइया, वृन्दा, सीता,

राधा व मीरा, दुर्गावती, लक्ष्मी बाई, पन्ना व हीरा।

तेरी प्रतिमा क्षमा, संस्कारों की माँ

तीन रंगों का अम्बर, लसे आसमां,

"संगम" तेरे चरणों में, जन्नत जहाँ की, मिलती सभी को शरण।

अभिनन्दन सत–सत अभिनन्दन।।

मेरा गाँव गीत

मिट्टी के घरौंदे हैं, सुर-ताल का संगम हैं।
मेरे गाँव के घर घर में, खुशियों का समागम हैं।
1) चहूँ ओर विपिन पावन, परिवेश सजाते हैं।
उपवन नंदन वन का, इतिहास रचाते हैं।
सरिताएं सरोवर भी, संगीत के सरगम हैं।
मेरे गाँव के घर घर में, खुशियों का समागम हैं।।
2) यहाँ पर्वत मालाएं, पहरे पे खड़ी पाई।
दिन-रात दरख्तों की, सेनाएं अडी पाई।
खग मृग जनमानस में, यहां प्रेम अनूपम है।
मेरे गाँव के घर घर में, खुशियों का समागम हैं।।
3) जब भोर का इकतारा, अंबर में दरसता है।
मुर्गे के मधुर स्वर से, संदेश बरसता है।
उस ब्रह्म मुहूर्त में, उठ जाते सभी हम हैं।
मेरे गाँव के घर घर में, खुशियों का समागम हैं।।
4) प्रातः स्मरण करके, धरती को नमन करते।
पितु मातु के चरणों की, रजशीश सदा धरते।
करि नित्य-नियम संयम, निज कर्म में कायम हैं।
मेरे गाँव के घर घर में, खुशियों का समागम हैं।।
5) प्राची की वो पहली किरण, जब धरती पे आती है।
स्वागत में तभी वसुधा, सबनम सरसाती है।।
हरियाली हंसे "संगम" रवि का लखि आगम है।
मेरे गांव के घर-घर में, खुशियों का समागम है।।
6) हिय हार सरोवर ने, वर -वारिज वार दिए।
सुचि सुमन परागों में, भंवरे गुँजार किए।।
वन-बाग विहंग-मृग स्वर, संचार मनोरम है।
मेरे गाँव के घर-घर में, खुशियों का समागम है।।

ग्रामीण आंचल से

हम गाँव के वासी हैं, हमें तंग न करो।
सांसों में भरी संस्कृति, को भंग न करो।।
(1) इतिहास के पन्नों को, पलटिए तो जानिए।
श्रष्टि का शुभारंभ, गाँव से ही मानिए।।
धरती की आत्मावसी है, गाँव-गाँव में।
आवादियाँ आवाद हैं, अम्बर की छाँव में।।
यहाँ धर्म-कर्म-संयम का, संविधान है।
रिश्तों की आन-बान-शान, का विधान है।।
गिरि-सरित-वनुपवन की, हर उमंग न हरो।
सांसों में भरी संस्कृति को, भंग न करो।।
(2) गाँवों से ही हर शहर का, आगाज़ हुआ है।
सौन्दर्य की प्रतिमाओं का, सुर-साज हुआ है।।
गाँवों से ही खुशहाल, हर समाज हुआ है।
दिल्ली का किला, आगरा का ताज हुआ है।।
गाँवों के संस्कार, आज भी हैं गाँव में।
है स्वर्ग, मात्रभूमि की, ममता की छाँव में।।
तुम भी हमीं से हो, तो हमसे जंग न करो।
सांसों में भरी संस्कृति को, भंग न करो।।
(3) यहाँ दिल को लुभाती, प्रभात की प्रभावती।
चिडियों की चहक, जन-जन के, मन को भावती।।
बागों में भ्रमर गाएं, छत्तीसों राग हैं।
निज भाग्य को सराहें, पुष्प व पराग हैं।।
हरियालियों में सबनमी, चादर सी छा गई।
रवि की प्रभा, वो मानो, मोती विछा गई।।
इन मृग-विहंग वृन्द को, अपंग न करो।
सांसों में भरी संस्कृति को, भंग न करो।।

(4) हम प्रेम के राही हैं, और कर्मवीर हैं।
निज धर्म की धरा के, हम धर्मवीर हैं।।
हम सबकी बहिन-बेटी है, इस गाँव की बेटी।
हर सीख बुजुर्गों की हमने, खुद में समेटी।।
माटी का अपनी हरदम, सम्मान करते हैं।
अन्तर-हृदय से "संगम", आह्वान करते हैं।।
ये हरी-भरी वादियां, बे रंग न करो।
सांसों में भरी संस्कृति को, भंग न करो।।

बसन्त गीत

ब्राजे बसन्त बर दिग–दिगंत, वैभव अनन्त बारे–बारे।
लखि मुनि–महन्त सुचि साधु–सन्त, गए भूल मन्त्र वारे–न्यारे।।
(1) भरि–भरि उमंग सर–सरित गंग, लेवें तरंग सागर खारे।
भूचर–विहंग अतिसय उतंग,
सहचरिन संग प्रिय अभिसारे।।
(2) गाएं मल्हार कलियन के भार,
अलिगन सवांर सुर–संचारे।
चुन–चुन सिंगार यौवन के सार,
अवनी अपार अंगन धारे।।
(3) मखमल की राशि फूले पलाश, मौरन सुवास आमन हारे।
ऋतुराज–राज स्वागत है आज, संग सुमन साजि सरसों वारे।।
(4) बगरे बसन्त संग रति के कंत,
आए न अन्त प्रीतम प्यारे।
"संगम" सानन्द सौतन के फन्द, इत विरह–द्वन्द्व तन–मन जारे।।
ब्राजे बसन्त बर दिग–दिगंत, वैभव अनन्त बारे–बारे,
लखि मुनि–महन्त सुचि साधु–सन्त, गए भूल मन्त्र वारे–न्यारे।।

माँ

इक माँ जो न होती, तो ममाना भी न होता।
नानी भी न होती, और नाना भी न होता।।
(1) रिस्तों का शिला जो ये चला, माँ से चला है।
वरना यहाँ अपना य बेगाना भी न होता।।
नानी भी न होती, और नाना भी न होता।।
(2) होती न अगर माँ की महज़, नजरे इनायत।
धरती पे किसी का, आशियाना भी न होता।।
नानी भी न होती, और नाना भी न होता।।
(3) माँ सा कोई ममता का, कदरदान नहीं है।
माँ के बिना मइयत, का ठिकाना भी न होता।।
नानी भी न होती, और नाना भी न होता।।
(4) कदमों के तले "संगम" जन्नत है जहाँ की।
बिन माँ के यहाँ घर, व घराना भी न होता।।
नानी भी न होती, और नाना भी न होता।।

नीतेन्द्र सिंह परमार 'भारत'

व्यक्तिगत परिचय

पिता : श्री राम सिंह परमार

माता जी : श्री मती गेंदा राजा

शिक्षा : बी.एस.सी.नर्सिंग एवं डी.सी.ए.।

जन्म दिनांक : 15/07/1995

जन्म स्थान : ग्राम बरेठी, पोस्ट गंज, थाना बमीठा, तहसील राजनगर, जिला– छतरपुर, मध्यप्रदेश (भारत)

वर्तमान निवास : कमला कॉलोनी नया पन्ना नाका छतरपुर (म.प्र)

व्यवसाय : नर्सिंग ऑफिसर

रचनात्मक कार्य : मुक्तक, गीत, ग़ज़ल, छंद, कविताऐ आदि।

प्रकाशित कृतियाँ : नंदिनी काव्य संग्रह एवं मुहब्बत ग़ज़ल संग्रह, मेरी क़लम।

पत्रिकाएं : एक कदम और, अदबनामा पत्रिका, साहित्य एक्सप्रेस मासिक पत्रिका तथा काव्य रंगोली पत्रिका।

सम्मान विवरण : साहित्य शिरोमणि अलंकरण, उद्‌गार विशिष्ट सम्मान, वागेश्वरी पुंज अलंकरण, श्रेष्ठ कलमवीर सम्मान, काशी समाज रत्न सम्मान, शब्द सृजन सम्मान, जनचेतना गौरव अर्थांश विशारद अलंकरण, हिंदी साहित्य श्री सम्मान, गीत कलश सम्मान, मनीषी सम्मान, उन्मुक्त सम्मान, श्रेष्ठ रचनाकार सम्मान, श्रेष्ठ टिप्पणीकार सम्मान, श्रेष्ठ कलमकार सम्मान।

रेडियो स्टेशन पर : आकाशवाणी पर 2019 से लगतार काव्य पाठ कर रहें हैं।

सम्पर्क : +918109643725

Email : neetendrasinghparmar15@gmail.com

मुक्तक

(1)

हमारे गांव को अब गाँव ही रहने दिया जाए।
कोई अच्छा शहर बोले उसे कहने दिया जाए।।
अभी ज़िन्दा हैं मर्यादाएं मेरे देश भारत में।
नदी ये संस्कृति की है इसे बहने दिया जाए।।

(2)

हमारे गाँव में देखों, सुखद परिणाम मिलते हैं।
किसानों के पसीनें से, सुमन बागों में खिलते हैं।।
फ़टे चिथड़े पहन कपड़े, सभी खुशहाल है भारत।
सुई धागे सा पाकर साथ, नित व्यवहार सिलते हैं।।

(3)

जय जवान, जय किसान, जय विज्ञान।
सभी मेहनत की खाते हैं, भला इसमें बुराई क्या।
ज़माने का चलन है यह, भला इसमें दुहाई क्या।।
पसीना खून बनकर जिस्म से बहता है अक्सर ही
तभी 'भारत' पता चलता, जहां में है कमाई क्या।।

लोकगीत

(हमारे गाँव की नोनी बुन्देली बोली)

बोल बोल लेव बुन्देली बोली के बोल।
बोल बोल लेव।। –2

बुन्देली बोली जा अनुपम अनमोल।
अनुपम अनमोल, जी को नैया कोनऊ मोल।।
मीठी वाणी में घोल, बोल बोल लेव।
बोल बोल लेव बुन्देली बोली के बोल।
बोल बोल लेव।।1।।

गांव की अथाई तो बनी नेक मंच।
बनी नेक मंच, सभी खेले प्रपंच।।
खड़े देखे सरपंच, बोल बोल लेव।।
बोल बोल लेव बुन्देली बोली के बोल।
बोल बोल लेव।।2।।

ह्रदय की पीड़ा भी, ह्रदय के भाव।
ह्रदय के भाव, सभी अपने दिखाव।
नही कोनऊ छिपाव, बोल बोल लेव।।
बोल बोल लेव बुन्देली बोली के बोल।
बोल बोल लेव।।3।।

मिसरी से मीठी, जा बुन्देली बात।
जा बुन्देली बात, मिली सबको सौगात।
नही मानो जात–पात, बोल बोल लेव।
बोल बोल लेव बुन्देली बोली के बोल।

बोल बोल लेव ।। 4 ।।

खण्ड खण्ड बदले जे बोली के बोल।
बोली के बोल, भाव हृदय के खोल।
भारत लिखे मेल-जोल, बोल बोल लेव।
बोल बोल लेव बुन्देली बोली के बोल।
बोल बोल लेव ।। 5 ।।

विकास सिंह

व्यक्तिगत परिचय

पिता : श्री ओमवीर सिंह,

माता : श्रीमती विट्टू देवी

उपनाम : विकास शाहजहाँपुरी

जन्मतिथि : 15 अगस्त 1996

शिक्षा : हिंदी साहित्य, अर्थशास्त्र से स्नातक।

उपलब्धियां : एकल काव्य संग्रह : सिर्फ़ तुम्हारा, लगन ऐसी लगी व साझा काव्य संग्रह बज़्म-ए-हिन्द, भावांजलि काव्य स्मारिका वर्तमान अंकुर से प्रकाशित, अभिनव हस्ताक्षर, प्रेरणा व अन्य कई प्रकाशित।

अप्रकाशित पुस्तकें : आत्मा दी बॉर्डर(उपन्यास), गिद्धों का राज़(आलोचना), देश-विदेश के विभिन्न समाचार पत्रों में निरंतर प्रकाशन : हम हिन्दुस्तानी यू एस ए, अमेरिका, कनाडा, विजय दर्पण टाइम्स मेरठ, राष्ट्रीय नवाचार, मध्यप्रदेश, हरियाणा प्रदीप, हरियाणा से, वर्तमान अंकुर, दिल्ली से, अमर उजाला काव्य 'कानपुर, छत्तीसगढ़, पशिचम बंगाल, राजिस्थान, मुबंई आदि शहरों की समाचार पत्र पत्रिकाओं में प्रकाशित। अब तक कई पुरुस्कारों सम्मानों से सम्मनित।

निवास : ग्राम-अतिवरा, पोस्ट- झरहरहरीपुर, जिला-शाहजहाँपुर, उत्तर प्रदेश

मोबाइल नम्बर : 9451682008

कड़ी धूप

पिता रात दिन कड़ी धूप में मेहनत करता, या किसी कम्पनी में रात दिन काम करता.... किसके लिए? अपने लिए नहीं, तुम्हारे लिए, जिससे तुम्हें अच्छी शिक्षा दिला सके, जब तुम उससे पैसे मांगते हो। वो कही से भी कुछ करे, तुम्हें पैसे देता है, तुम्हारी फीस भरता है। माँ, सर्दियों में भी सुबह जल्दी उठकर, नंगे पांव ही, तुम्हारे लिए नाश्ता बनती है, वो सोचती है, मेरे बेटे को कहीं स्कूल जाने में देर न हो जाये, शायद तुम स्कूल से आ जाते हो गे, तब भी वो माँ खुद खाना नहीं खा पाती होगी। लेकिन तुम फिर भी, ठीक से नहीं पढ़ते हो, तुम अपने माँ बाप को नहीं, खुद अपने आपको धोखा देते हो। जो ये कहता है मुझे कुछ याद नहीं होता है? मैं कहता हूँ जब तुम किताब उठाओ, उसका हर पृष्ठ पढ़ने से पहले, अपने माता पिता का चेहरा उन पृष्ठ ओं पर गौर देखो, तुम्हें जरूर याद होगा।

अगर तुम, मन लगाकर नहीं पढ़ते हो, तो तुम अपने माता पिता का पैसा नहीं, उनकी मेहनत नहीं, उनके सपने नहीं, खुद अपना भविष्य बर्बाद कर रहे हो। ये सब तुम्हें वक्त आने पर पता चलेगा, तब तक बहुत देर हो चुकी होगी।

अभिभावकों को नसीहत

आजकल के दौर में अभिभावकों को अपने बच्चों पर विशेष ध्यान देने की जरूरत है। बच्चों के कोमल मन में जहर ना घोल पाए, इससे हमें अपने बच्चों को बचाना है। टीवी पर आते अश्लीलता से भरे विज्ञापन, अश्लील गाने, मैगजीन में छपी अश्लील तस्वीरों से व अश्लील फिल्मों से, हमें अपने बच्चों को बचाना चाहिए, ये सब बच्चों के कोमल मन में जहर घोलने का काम करते हैं। मैं ये नहीं कहता हूँ, मनोरंजन नहीं करना चाहिए, लेकिन ऐसे मनोरंजन से अपने बच्चों को दूर रखना चाहिए, जो बच्चों का भविष्य बर्बाद कर दे।

जहाँ तक सम्भव हो अपने बच्चों को कभी अकेला ना छोड़े। आपका बच्चा कहाँ जाता है, क्या करता है, उसके दोस्त कैसे हैं, स्कूल जाता है, तो वहाँ कैसे पढ़ाई करता है, अभिभावकों को समय-समय पर अपने बच्चों को देखने, स्कूल जाना चाहिए। मैं मानता हूँ, प्रत्येक व्यक्ति की जिंदगी भाग दौड़ भरी है, समय निकालना बहुत मुश्किल है। लेकिन अपने बच्चों के लिए, कुछ समय जरूर निकालें, जिससे उनके भविष्य को बर्बाद होने के से बचाया जा सके। अपने बच्चों को कभी अकेला ना छोड़े, उनके साथ घुलमिलकर रहें। हमें अपने बच्चों को समझाना चाहिए, सही क्या है, गलत है, ये बताना चाहिए, कहीं वो गलत दिशा में ना चले जाएं, मैंने देखा है, आजकल छोटे छोटे बच्चे धूम्रपान कर रहे हैं, मैं सबसे पहले इसका जिम्मेदार, उनके माता- पिता व, अभिभावकों को मानता हूँ, उन्होंने कभी यही नहीं देखा मेरा बच्चा आखिर कर क्या रहा है।

एक चीज़ और बताना चाहूंगा, अपने बच्चों को शौक करना चाहिए, अच्छी बात है, लेकिन हद से ज्यादा नहीं, उनके कपड़ों पर भी विशेष ध्यान देना चाहिए, ऐसे कपड़े अपने बच्चों को ना पहनाएं, जिससे उनका आधा शरीर खुला रहे। मैं ये नहीं कहता हूँ, अच्छे कपड़े मत पहनों, कपड़े ऐसे पहनों, जिनमें अश्लीलता नहीं, सभ्यता झलकनी चाहिए। अपने बच्चों को जरूरत से, ज्यादा पैसे कभी ना दे, उनके जरूरत की चीजें उन्हें खुद लाकर दे। जरूरत से ज्यादा पैसे भी बच्चों को बिगाड़ देते हैं, मेरा सभी अभिभावकों से निवेदन है, अपने बच्चों पर विशेष ध्यान दें। व इनका भविष्य अंधकारमय न बनाने दें।

हेलमेट-हमारी सुरक्षा हमारे हाथ

आजकल अधिकतर युवा बाइक चलाते समय यातायात नियमों का ज़रा सा भी पालन नहीं करते हैं। याद रखना मौत हमेशा युवाओं को ही मोहब्बत भरी नजरों से देखती है। कब कोई युवा जोश में अपना होश खो दे। और मेरे गले लग जाये। घर से निकलते समय हेलमेट नहीं लगाएंगे, कहीं उनका हेयरस्टाइल न ख़राब हो जाये। जब कि ज्यादा तर मौतें हेलमेट न पहनने की वजह से होती हैं। इस बात पर कोई ध्यान नहीं देता। मैंने कुछ लोग ऐसे भी देखे हैं, जो केवल पुलिस से बचने के लिए, हेलमेट साथ रखते हैं।

पुलिस को देखा तो लगा लिया, बाद में उतार दिया। आप पुलिस को नहीं, अपने आप को, अपने माँ बाप को, अपने बीबी बच्चों को धोखा देते हो आपकी जान आपके परिवार के लिए कितनी अमूल्य है, शायद आप ये नहीं जानते हो। एक नया प्रचलन चला है। गाड़ी चलाते समय बहुत से युवाओं को मैंने, सेल्फी लेते हुए देखा है। वो कैमरे के सामने देखते रहते हैं। तब तक दुर्घटना हो जाती है जल्दबाजी में हमेशा तेज गति से गाड़ी चलाते हैं। ओवरटेक करने की कोशिश करते हैं। ओवरटेक करने से दुर्घटना होने की संभावना अधिक रहती है। फोन पर बातें करते हुए, शराब पीकर गाड़ी चलना, ये सब तो वो अपना शौक समझे हैं। लेकिन जिस दिन मौत आती है, तो केवल शोक बचता है। मित्रों मैं इस आलेख के माध्यम से ये कहना चाहता हूँ। आपका जीवन अनमोल है। वाहन चलाते समय, धूम्रपान मत करो, शराब का तो बिल्कुल ही सेवन मत करो। जल्दबाजी में अपने वाहन की गति मत तेज करो।

ओवरटेक करने की कोशिश बिल्कुल न करो। यातायात नियमों का पालन करो। खुद भी सुरक्षित रहो और दूसरों को भी सुरक्षित रखो। अपने बारे में न सही लेकिन एकबार अपने माता पिता, बच्चों के के बारे में जरूर सोचो। जिनके सारे सपने, उम्मीदें आप हो। आप के न रहने से, उनके सारे सपने उम्मीदें और उनका हँसता खेलता हुआ, बचपन सब खत्म हो जाएगा। अपने लिए न सही लेकिन, जिन्हें आप से उम्मीदें हैं, उनके लिए तो जीना सीखो।

हे मानव

हे मानव तू क्यों दु:खी है,
तेरे पास ईश्वर का दिया
हुआ सब कुछ है।
अम्बर को तू छत मान,
सम्पूर्ण जगत को गृह मान।
पहाड़ों को दीवार मान,
वृक्षों को पहरेदार मान।
क्यों मारा मारा फिरता है,
सबकुछ तेरे पास है,
मयंक भी तेरा अपना है,
भानु भी तेरा खास है।
बसुधा भी तेरे साथ है,
गंगा मां तेरे पास है,
प्रकृति का दिया हुआ,

सबकुछ मुफ्त उपहार है।
बहती सरिता कभी तू देखे,
खिलता उपवन भी तू देखे।
प्रकृति का सुंदर रूप तू देखे,
तारों का सुंदर स्वरूप तू देखे।
प्रभु ने दी है ज्योति अमूल्य
हर दृश्य मिलन की आशा है।
फिर जाने क्यों मानव चंचलता
के बस में मारा-मारा फिरता है।

भोर की बेला

(आलेख)

पहले जब सुबह होती थी, किसान अपने बैलों को खेतों में ले जाता था। बैलों की घण्टियों की आवाज सुनाई देती थी। पक्षियों का मधुर संगीत सुनाई देता था। सुबह सुबह पायल की झंकार सुनाई देती थी। मंदिर से गूँजती हुई, ॐ की ध्वनि सुनाई देती थी। हर घर में तीन चार गाय, भैसें, होती थी, सुबह सुबह ताज़ा दूध मिलता था, सुबह का नाश्ता खेत में ही होता था, मोटी माखन लगी हुई, रोटी, हरे धनिये या, पोदीने की चटनी, साथ में दही और गुड़ होती थी।

खेत में नाश्ता करने का आनंद ही कुछ और होता था। दोपहर को जब सूरज बिल्कुल मध्य आकाश में होता था, सभी लोग गांव की चौपाल पर लगे, बड़े से पाकड़ के पेड़ की छाया के नीचे आ जाते थे, ठंडी ठंडी हवा चलती थी, वहीं सब आराम करते थे। पीने के लिए कुएं का पानी होता था, चौपाल पर मिट्टी के बड़े से घड़े में भरा रखा रहता था, सभी लोग उसे पीते थे। आराम करने के बाद फिर खेतों में काम करने निकल जाते थे, जब सूरज ढलने लगता था, सभी अपने अपने घर की तरफ प्रस्थान करने लगते थे।

फिर से बैलों की घंटियों की आवाज, गांव की नहर के किनारे कलरव करते हुए पक्षियों की मधुर ध्वनि सुनाई देने लगती थी। सभी अपने अपने घर आ जाते थे, शाम को सभी भोजन करने के बाद फिर, चौपाल पर एकत्रित हो जाते थे, सभी आपस में एक दूसरे का हाल चाल पूछते थे, एक दूसरे से अपना दु ःख दर्द बयां करते थे। लेकिन अब पहले जैसी बात कहाँ, न अब किसी के पास समय है, न अब पहले जैसी चौपाल लगती है, न ताज़ा दूध दही, माखन मिलता है, न ही ताजी हरी भरी सब्जियां मिलती हैं। न ताज़ी हवा मिलती है, चारों ओर प्रदूषण छाया है। अब पहले जैसी जिंदगी कहाँ रह गई।

पहले जब शाम होती थी, चारों ओर पक्षियों का मधुर संगीत सुनाई देता था। अब तो कई बार चुपचाप सुबह तक हो जाती है। बस एक ख़्वाब बनकर रह गई जिंदगी।

शराबी पति

ये बात उस समय की है जब मैं अपने गांव से दूर शहर में पढ़ने गया था। वहाँ मैं जिस मकान में रहता था। उसके बगल में ही एक घर में, एक छोटा सा परिवार रहता था। उनके दो बच्चे प्रीत और लव दोनों बच्चे बहुत ही सुंदर थे। लेकिन उनका पिता शराबी था। उनकी माँ सिलाई मशीन चलाकर घर का खर्च उठाती थी। उसी से बच्चों की फीस भरती थी।

रोज शाम को उस घर से मारपीट की, बच्चों की रोने चिल्लाने की आवाज सुनाई देती थी। ये सब मैं अपनी छत से अक्सर देखा करता था। वह आदमी रोज सुबह घर से निकल जाता था, शाम को पीकर आता था। घर में अपनी बीबी के साथ मारपीट करता था। ये सब देखते हुए मुझे कई महीने हो गए थे। एक दिन मैंने उसकी पत्नी से पूछा आंटी जी आपके पति क्या करते हैं, वह बोली बेटा क्या बताऊँ, पहले ये बहुत अच्छे थे, कुछ गलत लोगों की संगत कर ली, नेता नगरी करने लगे। न घर की परवाह न बच्चों की पढ़ाई लिखाई की चिंता। जिस दिन उन्हें शराब नहीं मिलती है, मुझसे पैसे मांगते हैं, मना करने पर मारपीट शुरू कर देते हैं। फिर मैंने कहा आप कुछ कहती नहीं हो, उनकी आँखों में आँसू आ गए, वह रोते हुए मुझे बोली आखिर क्या कहूँ उनसे, पति है। मैंने कहा आप अपने घर पर ये सब नहीं बताती हो। वह बोली–बेटा घर पर क्या बताऊँ, उसमें भी मेरी बेइज़्ज़ती है। अब जो क्या है, उसे भरना तो पड़ेगा ही।

दोस्तों आज की दुनियां में ऐसे लोग भी रहते हैं। जिन्हें न अपनी इज्जत की न अपने बीबी बच्चों की परवाह है, न अपने घर की, उन्हें केवल शाम को बोतल चाहिये। कम से कम जिसे तुम अपने घर लाये हो, उसके भी कुछ सपने, कुछ उम्मीदें होंगी आप से, आप इस तरह से उन्हें को तंग करते हो, अपने बच्चों का भविष्य बर्बाद करते हो, ये क्या सही है? कुछ लोग नशे में इतने पागल हो जाते हैं, उन्हें न अपना घर दिखता है, न अपने बीबी बच्चे, अपना शरीर तो खराब करते ही हैं, साथ में अपने बीबी बच्चों का भविष्य भी। मेरे दोस्तों मैं आपसे निवेदन करता हूँ, आप कभी भी धूम्रपान शराब आदि का सेवन मत करना। आपकी वजह से आपके बच्चों की जिंदगी खरब हो जाए, वह आपके सामने ही कटोरा लेकर भीख मांगने लगें, क्या आपको अच्छा लगेगा? जितना पैसा आप धूम्रपान करने में बर्बाद करते, अगर उतना पैसा अपने बच्चों की शिक्षा पर खर्च करोगे।

तो आपका भी नाम होगा, बच्चों का भी भविष्य उज्ज्वल हो जाएगा, कृपया आप नशे के चक्कर में अपना स्वास्थ्य, व अपने बच्चों का भविष्य बर्बाद न करें।

सार्वजनिक स्थलों पर, धूम्रपान न करे

मुझे लगता है आजकल हमारे देश में गुटखा खाने वालों की, बीड़ी सिगरेट पीने वालों की संख्या बढ़ती जा रही है। ये आम तौर पर हर जगह पर पाए जाते है। मैं एक दिन सरकारी अस्पताल गया, वहाँ मैंने देखा सीढ़ी के नीचे, कमरों के कोनों पर थूक थूक कर, गन्दगी का ढेर लगा दिया। ये हमेशा उस जगह पर पीक मारते हैं, जो जगह साफ सुथरी होती है। मैंने एक चीज़ और देखी है, एकबार मैं बस में सफर कर रहा था।

अगले स्टाफ पर बस रुकी दो गुटखा खाने वाले बस में सवार हुए, जैसे ही बस आगे बढ़ी एक ने अपनी जेब से गुटखा निकाला और खाने लगा, दूसरा बीड़ी पीता था, उसने भी अपनी बीड़ी जला ली। पता नहीं ये इस बात का इंतजार करते रहते हैं, जब किसी वाहन में बैठेंगे तभी पियेंगे। अगर कोई इनसे कुछ कहता भी है, तो उसपर ये हावी हो जाते हैं। ऐसे लोग हमारे देश में भारी मात्रा में पाए जाते हैं। सिगरेट पीने वाले लोगों की भी कमी नहीं है, ख़ासकर आजकल नए लड़के सुबह को जब कॉलेज जाते है, कॉलेज में परिवेश बाद में होता है, सबसे पहले पान भंडार पर जाते हैं, ऐसे पान भंडार अक्सर आपको जगह-जगह मिलेंगे। फिर ये सिगरेट पीकर धुंए के छल्ले बनायेगें, उसके बाद कॉलेज में परिवेश करेंगे।

आँखों पर काला चश्मा लगा होगा। लिखने के लिए पेन दूसरों से मांगेंगे। सिगरेट पीने वाले, कॉलेजों के आस पास भारी मात्रा में पाये जाते हैं। ये वो लोग होते हैं, जो बाद में कहते हैं, पैसे की वजह से मैं पढ़ नहीं पाया, पैसे की वजह से मेरी पढ़ाई छूट गई। मेरी समझ में ये नहीं आता, पैसे की वजह से सिगरेट नहीं छुटी, गुटखा नहीं छूटा पढ़ाई कैसे छूट गई। शायद एक महीने में जितने पैसों की ये सिगरेट पी लेते हैं, उतनी तो कॉलेज की फीस भी नहीं होगी। मेरा सभी गुटखा, बीड़ी, सिगरेट पीने वालों से मेरा निवेदन है-अगर आप लोग धूम्रपान नहीं छोड़ सकते हो तो, कृपया आप सार्वजनिक स्थलों पर, धूम्रपान न करें। छोटे बच्चों के सामने धूम्रपान न करें। जिससे उन पर कोई गलत असर न पड़े। आपकी जिंदगी तो बर्बाद हो ही रही है। आने वाली, पीढ़ी को अपने दुष्प्रभावों से बचा दे।

सार्वजनिक स्थलों को गंदा न करें, सफर करते समय धूम्रपान न करें।

हमारे देश के भोले भाले देशवासियों के प्रति आपकी अति महान कृपा होगी।

www.ingramcontent.com/pod-product-compliance
Lightning Source LLC
LaVergne TN
LVHW031343150826
845673LV00009B/2833